LITERATURE
AND
ART
STUDIES
SERIES

文艺研究小丛书（第四辑）

易代之际
文学研究法

左东岭 ◎ 著
高明祥 ◎ 编

文化艺术出版社
Culture and Art Publishing House

图书在版编目（CIP）数据

易代之际文学研究法 / 左东岭著；高明祥编.
北京：文化艺术出版社，2025.3. -- （文艺研究小丛书 / 张颖主编）. -- ISBN 978-7-5039-7797-8

Ⅰ. I206.2

中国国家版本馆CIP数据核字第2025F03Y65号

易代之际文学研究法
《文艺研究小丛书》（第四辑）

主　　编	张　颖
著　　者	左东岭
编　　者	高明祥
丛书统筹	李　特
责任编辑	刘　颖
责任校对	董　斌
书籍设计	李　响　姚雪媛
出版发行	文化艺术出版社
地　　址	北京市东城区东四八条52号（100700）
网　　址	www.caaph.com
电子邮箱	s@caaph.com
电　　话	（010）84057666（总编室）　84057667（办公室） 　　　　84057696—84057699（发行部）
传　　真	（010）84057660（总编室）　84057670（办公室） 　　　　84057690（发行部）
经　　销	新华书店
印　　刷	国英印务有限公司
版　　次	2025年3月第1版
印　　次	2025年3月第1次印刷
开　　本	787毫米×1092毫米　1/32
印　　张	4.875
字　　数	77千字
书　　号	ISBN 978-7-5039-7797-8
定　　价	42.00元

版权所有，侵权必究。如有印装错误，随时调换。

总　序

张　颖

2019年11月,《文艺研究》隆重庆祝创刊四十年,群贤毕集,于斯为盛。金宁主编以"温故开新"为题,为应时编纂的六卷本文选作序,饱含深情地道出了《文艺研究》的何所来与何处去。文中有言:"历史是一条长长的水脉,每一期杂志都可以是定期的取样。"此话道出学术期刊的角色,也道出此中从业者的重大使命。

《文艺研究》审稿之严、编校之精,业界素有口碑。这本质上源于编辑者的职业意识自觉。我们的编辑出身于各学科，受过严格的学术训练，在工作中既立足学科标准，又超越单学科畛域，怀抱人文视野与时代精神。读书写作，可以是书斋里的私人爱好与自我表达；编辑出版，是作者与读者、写作与出版的中间环节，无时不在公共领域行事，负有不可推卸的公共智识传播之责。学术期刊始终围绕"什么是好文章"这一总命题作答，更是肩负着学术史重任，不可不严阵以待。本着这一意识做学术期刊，编辑需要端起一张冷面孔，同时保持一副热心肠，从严审稿，从细编校。面对纷繁的学术生态场，坚持正确的政治导向，保持冷静客观的判断；面对文字、文献、史实、逻辑，怀着高于作者本人的热忱，反反复复查证、商榷、推敲、打磨。

我们设有相应制度，以保障编辑履行上述学术史义务。除了三审加外审的审稿制度、五校加互校的校对制度，每月两度的发稿会与编后会鼓励阐发与争鸣，研讨气氛严肃而热烈。2020年5月，在中国艺术研究院各级领导大力支持下，杂志社成立艺术哲学与艺术史研究中心。该中心秉持"艺术即人文"的大艺术观，旨在进一步调动我刊编辑的学术主体性与能动性，同时积极吸收优质学术资源和研究力量，推动艺术学科体系建设。

基于上述因缘，2021年年初，经时任文化艺术出版社社长的杨斌先生提议，由杂志社牵头，成立"文艺研究小丛书"编委会。本丛书是一项长期计划，宗旨为"推举新经典"。在形式上，择取近年在我刊发文达到一定密度的作者成果，编纂成单作者单行本重新推出。在思想上，通过编者的精心构撰，使之整体化为一套有机勾连的新体系。

编委会议定编纂事宜如下。每册结构依次为总序、编者导言、作者序、正文。编者导言由该册编者撰写，用以导读正文。作者序由该册作者专为此次出版撰写，不作为必备项。正文内容的遴选遵循三条标准：同一作者在近十年发表于《文艺研究》的文章；文章兼备前沿性与经典性；原则上只选编单独署名论文，不收录合著文章。

每册正文以当时正式刊发稿为底稿。在本次编撰过程中依如下原则修订：（1）除删去原有摘要或内容提要、关键词、作者单位、责任编辑等信息外，原则上维持原刊原貌；（2）尊重作者当下提出的修改要求，进行文字或图片的必要修订或增补；（3）文内有误或与今日出版规范相冲突者，做细节改动；（4）基本维持原刊体例，原刊体例与本刊当前体例不符者，依当前体例改;(5)为方便小开本版式阅读,原尾注形式统改为当页脚注。

编研相济,是《文艺研究》的优良传统。低调谨细,是《文艺研究》的行事作风。丛书之小,在于每册体量,不在于高远立意。如果说"四十年文选"致力于以文章连缀学术史标本,可称"温故",那么,本丛书则面对动态生成中的鲜活学术史,汇聚热度,拓展前沿,重在"开新"。因此,眼下这套小丛书,是我们在"定期的取样"之外,以崭新形式交付给学术史的报告,唯愿它能够为读者提供一定帮助或参照。

编者导言

高明祥

古语云："国家不幸诗家幸，赋到沧桑句便工。"（赵翼《题元遗山集》）这句话揭示了世运与文学之关系。虽说国家承平之时，未必没有优秀作品，但那些泣血椎心、带有生命厚重感的作品，则非经历世变、悲天悯人、感同身受的作家不能为之。至于王朝易代之际，天崩地坼，生民倒悬，命如草芥，举凡有恻隐之心之匹夫，不能不有所动容；举凡有感兴之思之作家，不能不在文字中有所显现。这些作品或抨击现实，叙写黍离之悲；或怀恋故国，痛悼江山易主；或高歌大义，树立恢复旗帜；或抉择不定，透露内心矛盾。故而，易代之际的文学往往具有独特的风格和文学史价值。

学界近些年对易代之际的文学也给予一定程度的重视。赵园先生"明清之际"系列研究书系、周绚隆先生《易代：侯岐曾和他的亲友们》等，都是优秀的代表性成果。不过，这些都是侧重某个时段或某个群体的局部性研究，仍需思考的问题是——如何在中国整体的历史进程中把握易代之际文学特征与价值。左东岭先生的国家社会科学基金重大项目"易代之际文学思想研究"正是探讨易代之际各种历史演变因素与文学思想变迁之间的关系，研究范围上溯周秦汉、下至明清，力求从文史哲多个层面探讨易代之际文学的价值，可谓对易代之际文学的整体性认知与把握。

不过，此课题并非追趋逐奇之作，而是凝结了左东岭先生数十年的学术思考与积累。左东岭先生早年较为关注晚明文学思想之流变，尤其是王学与晚明文学之间的关系，《李贽与晚明文学思想》（天津人民出版社1997年版）、《王学与中晚明士人心态》（人民文学出版社2000年版）、《明代心学与诗学》（学苑出版社2002年版）都是这一时期的代表性作品。左东岭先生此一阶段文学研究的特点是,既关注影响文学的哲学、世变等因素,又对作家心态等方面予以探析,显现了他对文学研究兼具外部与内部两方面的思考。而这两方面也构成了他上溯元明易代之际研究的契机——因为易代之际的文学研究总是包含着世变与心态等内外因素的交织。

自2006年始,左东岭先生开启他关于元明易代之际的系列研究。《元明之际的"气"论与方孝孺的文学思想》(《文艺研究》2006年第1期)、《高启之死与元明之际文学思潮的转折》(《文学评论》2006年第3期)这两篇文章可谓他转换学术思考的伊始。促使这种转变的因素,除了上述所言易代之际文学本身的价值以外,还有左东岭先生关于文学史的整体性思考,他在《光明日报》2007年4月3日所发表的《朝代转折之际文学思想研究的价值与意义》一文,可视为他对转向易代之际文学研究的系统性反思,其中说:"文学的发展有时与政治是同步的,而有时则存在着巨大的差异,文学创作的风格、流派与观念大多情况下不会因为朝代的变迁而泾渭分明地分为两个完全不同的时期。如果人为地将其割裂开来,显然不利于文学研究。"由此可见,左东岭先生转向易代之际文学研究的契机则是传统文学史对易代之际书写的割裂甚至阙略。

这其实也显现了左东岭先生文学研究的另一个特点，即对文学史重要、重大问题的思考，《中国古代文学研究转型期的技术化倾向及其缺失》(《文学遗产》2008年第1期)、《我们需要什么样的学术史——以中国古代文学研究为中心》(《文史哲》2016年第1期)、《中国文学思想史研究的文体意识》(《文学评论》2018年第2期)等文可作为这方面研究的代表。本书所收录的第一篇文章《中国古代文学研究的原发性问题》(《文艺研究》2021年第8期)更是代表了左东岭先生对古代文学整体研究的最新、最深入的思考。他认为，所谓"原发性问题"，指的是在某一学科开创期，由于种种限制，所产生的足以影响后来研究的种种先天不足。这种不足体现在学术的理念、范式、思维、命题与术语等诸多方面，而常产生于易代之际的学术转型时期。为此，他拈出三个中国古代文学研究核心的原发性问题："一是现代纯文学观念与传统文章学观念的冲突矛盾；二是'一代有一代之文学'的线性文学发展史观与中国古代文体滚雪球式展开过程的龃龉错位；三是现代学科所建构的情感和理性两分的简单生硬。"通过对这些问题的探求，力求达到对古代文学研究正本清源之目的。而这也可代表左东岭先生由易代之际文学研究所生发的对中国古代文学史的宏观性思考。

这种宏观性思考再收缩一些，集中到易代之际，又形成左东岭先生关于易代之际文学的次宏观性思考。这主要集中在对易代之际的种族观念、地域性质以及文人心态等方面的探讨，《元明之际的种族观念与文人心态及相关的文学问题》(《文学评论》2008年第5期)、《元代文人心态的认知与考证》(《光明日报》2008年12月10日)等文可视为这一层面的持续思考。本书中的第二篇文章《影响中国近古文学观念的三大要素——兼论地域文学研究的理念与方法》(《文艺研究》2015年第6期)正是从多个方面展现了这种研究的理路。左东岭先生拈出了影响近古文学的三大要素，即朝代更替所导致的民族关系激化、理学观念的流行和地域观念的日渐强化。这些方面都不是孤立存在的，而且同易代形成紧密的关联，"朝代更替与民族关系构成了近古政治变迁的鲜明特色，而江南地域文化观念也与民族关系互为补充，至于理学与心学的消长演变也与朝代的更替关系紧密"。这些要素的彼此融合、纠缠构成了近古文学变化发展的脉络。这些研究往往突出某个时段的整体性文学特征，并带有方法论意义的思考。

由次宏观性思考再集中一些，形成了左东岭先生对易代之际文学的中观性研究。这方面的研究多集中在易代之际诗学观念的探讨，比如《闽中诗派与主流诗坛关系研究》(《北方论丛》2009年第3期)、《玉山雅集与元明之际文人生命方式及其诗学意义》(《文学遗产》2009年第3期)等皆如是。本书的第三篇文章《闲逸与沉郁：元明之际两种诗学形态的生成及原因》(《文艺研究》2019年第9期)，可视为这方面研究的代表。该文认为，在元明之际的诗坛存在着两种截然不同的诗学审美观念。一种主张诗歌应随之世变，针砭时弊，即所谓"沉郁"；另一种则主张诗人应保持自我操守，诗歌应有平和之态，即所谓"闲适"。这两种诗学代表了元明之际的诗学主流倾向，显现了易代之际的诗学特征。这也显示了左东岭先生对文献的掌握与把控，即从纷乱的、多声部的文献中梳理出主流诗学的发展声音。这种中观性的研究往往集中于某个时段的某种文体或文学现象的研究，仿若时代的切片研究。

最后则是左东岭先生对易代之际的个体或者个案的微观性考察。这种研究的特征非常明显，即以某个人物或者某类文献作为切入口，探究背后的相关文学问题。这其实也是左东岭先生早期治学路径的一种延续，即以《李贽与晚明文学思想》作为起点，后续则是对王阳明、汤显祖、张居正等心学与文学思想的考察，再其后则是集中易代之际文学思想方面的个案研究，比如上文提及的关于方孝孺、高启的两文，此外还有关于宋濂、刘基等相关成果，都是代表着微观性的研究。本书的最后一篇文章《〈耕渔轩诗卷〉的文本形态、话题指向与诗学意义》（《文艺研究》2023年第11期），正是这种微观性思考的代表。左东岭先生认为，《耕渔轩诗卷》是元明易代之际流行的一种独特文本形态，由书法、绘画与诗文题记等多重要素构成，其属性乃是众多文人对于同一话题的开放性表达。从其序、跋、铭文内容看，展现了易代之际文人对于"隐逸"话题的不同理解，体现了他们多重的人生选择。像此类的文献，学界较长时间没有太多关注，左东岭先生却善于从这些易被忽略的文献中发现新的问题，并且将其置于诗学史的脉络之中。由此可见，所谓的"微观"只是作为一种切入口，左东岭先生的此类文章往往以小见大，并与文学史发展的诸多重要问题挂钩。

由上述可见，左东岭先生的易代之际文学研究展现出宏观、次宏观、中观、微观相结合的特点。这种路径有时很难说是一种单向性的：从宏观到微观的路径方向，则展现了将泛化的理论落实到具体之上的品格；从微观到宏观的路径方向，则又指向了超脱个体局限而实现理论提升的可能。这其实也能回到理论与文献的矛盾问题之上。如果只是泛谈理论，则易落入概念空转的虚无；如果只是抱守文献，则又易落入胶柱鼓瑟的局限。

如果寻绎左东岭先生自其博士学位论文《李贽与晚明文学思想》的治学路径，我们会发现对文献的重视是他一以贯之的原则。无论是宏观性、次宏观性还是中观性、微观性的研究，左东岭先生的研究都是建立在坚实而又恰如其分的文献基础之上——他能够分辨出什么样的文献可以写出什么样的题目、什么样的文献能解决什么样的问题、什么样的文献能阐释什么样的理论——他总是能知道什么样的文献应该放在什么样的位置。左东岭先生曾在《易代之际诗学研究的文献问题》（《文献》2018年第4期）一文中谈到进入易代之际文学研究的学术素养问题："倘若要进入易代之际的诗学研究领域，的确需要具备许多基本的学术素养，诸如文史兼通的能力，宽阔通融的学术视野，多元达观的价值立场，驾驭复杂局面的概括能力，敏锐鲜活的审美味觉，等等，但最为基础的依然是对材料的广泛搜集与全部占有。没有扎实的文献准备，其他一切均为空中楼阁。""对材料的广泛搜集与全部占有"——这其实应是本书题为"易代之际文学研究法"的最基础法则。

在此之上，左东岭先生也始终保持着对文学史问题的反思、对学术史书写的检讨、对建立中国特色文艺批评理论的重视。他曾在《我们需要什么样的学术史——以中国古代文学研究为中心》中言及："要读懂一本著作，不仅需要弄懂其学术结论的创新程度与学术贡献，更需要了解其所运用的学术方法以及背后所支撑研究的学术理念。这就是学界常说的，阅读学术著作和论文，要具有看到纸的'背面'的能力。"所谓"纸的'背面'"，亦应是"易代之际文学研究法"的另一面。

作者序

左东岭

本书收入的四篇文章有两个共同点，一是都发表于近十年来的《文艺研究》上，二是皆为围绕我的国家社会科学基金重大项目"易代之际文学思想研究"的相关内容。2014年立项之后，我始终都沉浸在对此课题的思考中，包括研究范围的界定、研究路径的设置、研究文献的选择、研究方法的采用，甚至各个章节内容的分别论述。我以为，除了认真研读文献之外，其中最为关键的是观念的清理、视角的转换与方法的更新这三个重要环节。这些思考整整持续了十年，前后在各家刊物上共发表了25篇论文。本书的四篇文章都经过精挑细选，并能代表上述三个环节的重要想法。

首先是观念清理的问题。自20世纪初以来，中国学术界一直试图建立现代意义上的中国古代文学学科，以及与之相匹配的研究理论体系与相关方法。经由几代人的不断努力，中国逐渐拥有了自己的文学理论批评体系，并以此为基础出现了上千部中国文学史著作以及大量的研究论文。目前，国内的高等教育人才的培养与学术研究的基本格局，就建立在前辈学者几代人辛勤劳作的基础之上。然而，无可否认的是，现代中国古代文学的学科体系是参照西方近代浪漫主义文学思潮流行后的文学观念与文学理论所建构的，诸如以审美为核心的纯文学理论观念、以规律论为基础的线性文学史发展观、以进化论为前提的文体演变观等，便是中国古代文学研究与文学史书写最为重要的核心支撑观念。当今学界已对这些理论观念与研究方法进行了优劣利弊的反复讨论与权衡，而我认为，其中对中国古代文学的认知最为致命的伤害，乃是试图用一种固定而统一的文学观念去概括古今中外所有的文学创作实践与文学批评理论。姑且不论这种高度抽象的本质主义化文学观念本身是否成立，起码以此去笼括古今中外所有文学现象的奢望是简单粗暴的。

就中国古代文学本身来说，在两汉之前乃是文体初生的文辞阶段，自东汉之后是文章学流行的阶段，其时间一直持续到晚清西学东渐之前。目前，中国古代文学研究最为迫切的任务有两种：一是对于原发性问题的追踪，也就是从现代中国古代文学学科建立以来，在借鉴西方文学观念与理论方法的过程中，到底哪些因素对古代文学的完整性、真实性与民族性造成了程度不同的负面影响，如何寻觅处理这些负面要素，并在理论上纠正这些学术偏差，从而建立起适合中国古代文学历史事实的独特理论方法，是为当务之急；二是还原性的研究，也就是回到中国古代文本书写的历史语境与写作实践的原初状态，系统研究其文本形成、文本形态、文本功能、文本传播与文本批评，从而总结其创作经验、批评理论，并为当今的创作与批评提供有益的思想资源与经验借鉴。我相信，当作为纯文学观念的"文学"对中国古代文学研究"松绑"之后，学界一定会有更多的学术发现，拓展出更大的研究空间，并为中国自主知识体系的建构提供强有力的学理支撑。《中国古代文学研究的原发性问题》就是在上述思考的基础上写成的，因为易代之际的文献、创作与批评均呈现出相当复杂的样态，以纯审美的现代文学观念很难对其展开论述，必须为不同的问题寻找合适的研究理念。于是，本文讨论了古今文学观念的异同、文学史研究中的规律论、一代有一代文学的线性发展观以及抒情与议论的关系等。我想，这些问题不仅牵涉到易代之际的文学研究，也将涉及中国古代文学的整体研究。

其次是视野的扩展与转向问题。由于现代纯文学观念的影响，以前学界往往将眼光局限于诗歌、散文、小说与戏曲文学的狭小范围内，不仅文学自身的某些文体（比如赋、骈文、回文、连珠、集句等）未能得以充分彰显，至于经学、史学、子学的各种文类更是大多被排除在视野之外。还有那些对诗文创作具有巨大影响的相关文化要素，诸如玄学、佛学、理学、民族、地域、风俗等，大多只能在某个时段文学的背景介绍中略加提及，无法触及其深层影响。其实，在中国早期的文本研究中，如果仅仅将目光集中于文学性突出的《诗经》《楚辞》这两部诗歌总集，可能大大降低了那一历史时期文本书写的核心价值与丰富内涵，孔子对"六艺"的整理，汉人对先秦诸子百家典籍的整理，从而在此基础上形成的新的文本形态与观念，才是更为重要的文学发展线索，更不要说《春秋》《左传》《史记》《汉书》对于中国古代文章书写方式与观念的贡献与影响。过去学界只重视鲁迅对《史记》"史家之绝唱，无韵之离骚"的高度评价，其实就对后世文章观念的影响而言，《汉书》的地位起码不应低于《史记》，而在现代的《中国文学史》书写中，《汉书》已经较少被提及。

我曾经在一篇文章中概括出对中国古代后期文学思想与创作影响的易代、理学与地域等三大要素，都是过去学界常常忽略甚至是作为负面因素加以评价的，但就实际历史影响看，它们的确是无法被忽略的。易代之际不仅是文学思想最为活跃的时期，而且是文体转型、流派纷呈的时期，更是民族文学交融的时期，过去常常由于分段叙述的文学史书写格局与研究习惯而忽视对跨代作家与易代现象的研究，造成许多文学史研究的空白。还有关于理学与文学的关系问题，过去学界从纯文学的角度出发，常常将理学视为对文学审美具有严重影响与伤害的负面要素，从而将其排除在文学史叙述之外。其实自宋代理学产生之后，诗坛就再也无法忽视理学的渗透与影响。如果大量细致地阅读宋元明清的诗歌文本，会发现一条重要的诗歌审美形态形成的新线索，这就是理学要素与陶诗传统的有机结合，形成了一种以作者的人格操守、超然境界为主体特征，以冲澹自然、浑融闲逸的审美格调为体貌的新型五言诗体，并由此扩展开去，影响到歌行、七绝与五绝的审美体征。学界以前大都盯着台阁体的歌功颂德、和谐工稳的诗歌创作，却忽视了此种寓耿介于冲澹的风骨凛然诗作。至于地域文学的研究，更是中国古代文学有待拓展的更大学术空间。中国地域广袤，特色鲜明，形成了各自的文学场域与地域特征，其中包括汉民族不同地域多姿多彩的文学特色与各民族形式独特的文学样态。尽管最近二十年来文学地理学逐渐被学界关注，产生不少有价值的学术论著，但中国古代的地域文学从来不是由单纯的自然地理属性所构成，而是带有悠久丰富的地域文化传统与复杂多变的政治色彩。因而地域的层级划分与地域之间、地域与主流文坛之间的互动交流就成为更加活跃多变的要素，而所有这些尚有待学界加以重点关注与深入研究。我以为，中国自主知识体系的建构，就是要以彰显中国自身特色为目的，这才是内容充实并对世界文坛具有贡献力的。有鉴于此，我便撰写了《影响中国近古文学观念的三大要素——兼论地域文学研究的理念与方法》一文，提出了易代、理学与地域这对中国宋元明清文学影响最大的三个方面，希望在自己的研究中采取新的视角，开辟新的研究领域，同时为学界提供力所能及的参考。

最后是方法更新的问题。关于古代文学研究方法更新的话题学界已经讨论了很多年，从20世纪80年代西方新方法的纷纷引进，到当下阐释学、叙事学、口传诗学理论方法的深入研究，都说明学界对中国当代理论方法创新缺失的心境焦虑与寻找突破的急切心情。然而，实事求是地讲，研究方法的创新从来都不是单独进行的，而是伴随着研究目的的实现与学术问题的解决而自然呈现的。无论是对国外文学理论的拿来借鉴，还是对中国古代传统学术方法的传承发展，乃至综合各种思想方法的自我创造，都是以有效地解决学术问题为目的。单纯为炫耀理论新颖而推崇所谓的新方法，无论多么耸人听闻，都难以摆脱浅薄卖弄的嫌疑。

在此，可以我从事的中国文学思想史研究为例加以说明。该学科与研究方法是20世纪80年代由南开大学罗宗强教授所开创，属于真正的中国知识体系创造。它以求真求实的历史还原为目的，以理论批评与创作实践相结合提炼文学思想为基本方法，以文人心态研究为整合各种历史文化要素的中介以揭示文学思想产生与演变的原因。当初创立此种研究方法之目的，主要是弥补文学批评史研究方法的不足，从而更为立体真实地呈现中国古代文学观念的整体历史面貌。但随着时间的推移，它日益彰显出对于中国知识体系独特性认知的优势。因为在现代西方文学理论框架的视野中，学界逐渐形成了中国文学理论批评具有随机性、感悟性、零碎性的学术共识，尽管中国古代也有《文心雕龙》《原诗》《文史通义》等系统的文论著作，但更多的是诗话、诗法、笔记之类的片段性论述文字，故而会给今人造成上述印象。但论述的随机与感悟的即兴并不说明中国古人缺乏系统的思维与深刻的思想。文学思想史将理论批评与创作实践结合起来进行考察，尤其是从丰富的创作文本中提炼作家的诗文观念，从而更加立体、系统地揭示出中国古人文学思想的博大精深与严密周延。这种研究方法由于对中国古代文学思想的研究具有极大的优势，因而显示出鲜明的学术个性与巨大影响力。我认为，这样的方法才是真正的创新，才是中国自主知识体系的有效建构。

然而，中国文学思想史研究难度最大的环节，乃是如何运用理论批评与创作实践相结合的方法以提炼丰富复杂的文学观念。尤其是易代之际，思想活跃而流派众多，概括起来具有相当的难度。《闲逸与沉郁：元明之际两种诗学形态的生成及原因》一文，便是运用文学思想史研究方法对该时期诗学审美范畴进行提炼的一次尝试。前人论述元明之际的诗坛，往往将其分为越中、吴中、闽中、岭南与江右五大板块,但从元明之际文学思想研究的角度,完全没有必要全面铺开论述五大板块的文学思想。当时在文坛上流行的是以台阁与山林为主线的文学思潮,则只要选出代表它们的合适模型即可。由此,以吴中为山林隐逸诗学思想之代表,以浙东为台阁诗文观念之代表,便于凸显发展的主线与各自所承载的文学观念。吴中本来就有漫游山水、欣赏诗赋书画的地域传统,元末又被张士诚政权占据十余年,汇集了各地流寓于此的隐逸文人,并一直延续至明代初年。其中出现了顾瑛、倪瓒、袁华、周砥、高启、张羽、杨基、徐贲、王行等一大批性情相近、志趣相投的杰出诗人,完全有条件体现山林隐逸文人群体的诗学观念。通过对他们理论与创作的全面研究,尤其是对其代表人物倪瓒的系统论述,最终概括出"闲逸"的审美形态。浙东则承传了明道致用的地域文化传统,具有行道立功的政治理想,具备讲论经史的学术素养,以及追求实用教化的文论主张。由于这些文人都具有用世的追求,因而对元末的社会黑暗、百姓疾苦深表关心,从而创作出讽喻现实、感叹民生的诗文,构成其沉郁的诗学形态。入明之后,两地文人进行了密切的交往与融合,由此形成山林与台阁两大文学思潮的合流。运用文学思想史的研究方法,不仅能够得出新的学术结论，而且可以高度概括当时的文学主潮，凸显文学史发展的主线。如果依然采取传统的文学批评史与文学理论史的研究方式，无论如何也难以达到此一目的。

在研究元明易代之际文学思想时，与研究方法相关的还有文本形态与文学场域两个环节。古代文学的研究从文本形态上看，一般包括总集与别集两种。但在元明之际存在着诗卷这样一种独特的文本形态，诸如《耕渔轩诗卷》《秀野轩诗卷》《听雨楼诗卷》《安分轩诗卷》《春草轩诗卷》等近百种。不同的文本形态所采用的研究方式理应是有所区别的，为此，我特意撰写了《〈耕渔轩诗卷〉的文本形态、话题指向与诗学意义》，与研究顾瑛《玉山名胜集》的总集形态、倪瓒《清閟阁集》的别集形态等研究论文构成了不同的论述方式。耕渔轩主人徐达左曾留下了总集形态的《金兰集》和诗卷形态的《耕渔轩诗卷》，前人未曾留意到两种文本形态的差异，认为《耕渔轩诗卷》是《金兰集》初次结集的"样本"。但经由反复比对思考，我发现诗卷形态与总集存在着很大的差异。简而言之，《耕渔轩诗卷》所呈现的是一种文艺的场域，它由当时大书法家朱德润题端、倪瓒绘画、众位好友题写诗文而构成完整卷轴。所有人均针对"耕渔"的儒隐话题展开议论抒情，发表自我看法，从而形成一种多元表达的场域,思想情感呈现出多指向性的特征,体现了当时平江城文坛开放包容的自由文艺生态。由此,本文所展示的不仅仅是对《耕渔轩诗卷》的独特解读,同时对诗卷文本的研究展示了一种实验性论述方式。与该文具有相近特点的是发表于《文学遗产》2024年第1期的《诗卷、"话题"与多元性诗学表达》,希望能够为学界在研究方法上提供一点有益的启示。

截至目前,我所主持的"易代之际文学思想研究"项目已经基本完成。在此过程中,最大的体会是,对于研究文献的全面搜集、细致阅读与认真思考,必须与学术理念、研究视角与研究方法的更新转换同时进行。通过这两个方面的不懈努力,最终能够揭示历史的真相,获得创新性的结论,将该领域的研究提升到一个新的高度。感谢《文艺研究》将本人研究过程中的一些思考内容及时予以发表而呈现给学界同行,更感谢将其结集成书使之得以集中展现给读者。很有幸遇到陈斐与高明祥两位极为认真负责的编辑,不仅保证了文稿的及时发表与论文的结集成书,更重要的是使我避免了许多文字上的讹误。学无止境,愿与他们共勉。

目录

001 中国古代文学研究的原发性问题

030 影响中国近古文学观念的三大要素

　　——兼论地域文学研究的理念与方法

061 闲逸与沉郁:元明之际两种诗学形态的生成及原因

093 《耕渔轩诗卷》的文本形态、话题指向与诗学意义

中国古代文学研究的原发性问题

所谓"原发性问题",指的是在某一学科、某一领域,或者某一重大学术问题的开创期或形成期,由于受到时代思潮、个体素质或学术自身进展的限制,产生的足以影响后来研究的种种先天不足。这种不足既可以体现在基本学术理念上,也可以体现在学术体系、学术方法所构成的学术范式上,具体还可延伸至学术思维、学术命题与学术术语。原发性问题通常产生于历史转折背景下的学术转型期,比如朝代转折之时,尤其是元明、明清之际,再如古今转换的清末民初、改革开放的新旧转换之际。由于事发突然，学界往往难以进行充分研讨与积累，匆忙间就建构起新型的学科体系、学术理论与研究范式。而这些体系、范畴与范式一旦生成，就会逐渐成为后来者的知识构成与学术传统，被当作研究基础与前提。久而久之，形成了将当初学界临时形成的"或然"体系建构视为学术研究稳定性的"必然"学理现象。于是，这些本来还是"问题"的东西就被学界误认为确定无疑的"知识"。要想在学术研究上取得根本性突破，就有必要重新回顾历史，将这些所谓的"知识"重新变成"问题"并加以检讨，在此基础上形成新的学术理念与研究范式。其实，学术研究的过程历来都是双向的，"将问题转换成知识"和"将知识转换成问题"同样重要，在某些历史关口，后者甚至更为重要、紧迫，因为回到原点常常是学术研究再出发的必要前提。中国古代文学研究当然也存在种种原发性问题，其中尤为重要的核心问题有如下三个：一是现代纯文学观念与传统文章学观念的冲突矛盾；二是"一代有一代之文学"的线性文学发展史观与中国古代文体滚雪球式展开过程的龃龉错位；三是现代学科所建构的情感和理性两分的简单生硬。这三个问题至今依然是古代文学研究的支撑性理论，故而需要认真加以检讨。

一

中国古代文学研究的原发性问题的核心当然还是中西差异，其中也夹杂着古今差异。比如今日学界普遍持有的"文学"观念，是西方 19 世纪以来浪漫主义运动所形成的重抒情、重个性表达的纯文学观念，经由日本明治维新后的过滤与塑造，转输到中国，逐渐积淀为古代文学研究的基础概念与主流话语。从彰显文学审美特性与文学学科属性的角度看，这当然是一种历史的贡献和现代的学术品格。然而，在中国现代文学观念的形成期，纯文学观念只是多声部合唱中的一种声音，同时还存在着坚持传统文章观的不同声音与种种争议。也就是说，这本来是一个存有争议的未定问题，但久而久之纯文学观念却成了学界研究的基本共识。现在回过头来重新检讨此一问题，依然意义重大。

对于现代文学观念的形成与奠定，黄人无疑是关键人物。他的《中国文学史》及相关论文首次采用经由日本学者"摆渡"而来的现代纯文学观念，其最明显的特征便是所谓"不以体制定文学，而以特质定文学"[1]。中国传统文章观最为核心的两个要素，乃是重视政教实用的功能观与讲究体式分类的文体观。显然，黄人的做法是对传统文章观的真正超越，因而具有现代纯文学观念的形态。他曾开列了衡量文学的六项标准：（一）文学者，虽亦因乎垂教，而以娱人为目的；（二）文学者，当使读者能解；（三）文学者，当为表现之技巧；（四）文学者，摹写感情；（五）文学者，有关于历史科学之事实；（六）文学者，以发挥不朽之美为职分。[2]这里他提到的抒情性、娱乐性与审美性，构成了现代纯文学观念最为核心的要素。他在《中国文学史》中概括的"文学"定义，是现代纯文学观念最完整、明晰的表述，其核心在于"能动感情，能娱想象为要"[3]。黄人尽管也从广、狭二义来定义文学，但并没有重视中国古代学术与文章分类的特点，而是纯粹以西方之书籍与学科分类为圭臬，最终被其采用的，实际上是此种狭义之纯文学观念。黄

---

[1] 黄人著，江庆柏、曹培根整理：《黄人集》，上海文化出版社2001年版，第354页。

[2] 参见黄人著，江庆柏、曹培根整理《黄人集》，上海文化出版社2001年版，第354页。

[3] 黄人著，江庆柏、曹培根整理：《黄人集》，上海文化出版社2001年版，第354页。

人之后，纯文学观念迅速影响了中国文学研究界，以其为指导而撰写的各种文学史著作纷纷出版，其中最典型的当数刘经庵《中国纯文学史》。作者不仅鲜明地标举出"纯文学"这一术语，而且用西方纯文学观念整合了中国古代文学思想传统。作者在该书开宗明义地说：

> 文学的定义，无论中外皆有广狭之别。在中国，广义的文学是指一切用文字发表的东西，如政教、礼制、言谈、书简、学术、文艺等，即《释名》所谓"文者会集众字，以成辞义"之意。狭义的文学是单指描写人生，发表感情，且带有美的色彩，使读者能与之共鸣共感的作品。这样的文学观念，在中国文人眼中很不多见。有之，要首推南朝的梁氏兄弟为近是。梁昭明以"事出沉思，义归翰藻"者为文学。梁元帝《金楼子》篇云："吟咏风谣，流连哀思，谓之文……至如文者：须绮縠纷披，宫徵靡曼，唇吻遒会，情灵摇荡。"这可称为中国文人中最早认识文学者。[1]

---

1 刘经庵:《中国纯文学史》，江苏文艺出版社 2008 年版，第 1 页。

尽管作者从中国传统中找到了符合现代纯文学观念的例证，而且这也基本符合六朝文论的内涵，但依然可以看出其以西方分类方式对中国古代文章理论与创作实际的强行切割。这不仅是因为他所引用的梁氏兄弟"事出沉思，义归翰藻"与"流连哀思""情灵摇荡"的纯审美表述在中国文论史上并不占主导位置，而且他忽视了自《毛诗序》以来重教化实用的主流话语。更致命的是，他完全无视中国古代最为重要的文章观念，将数量巨大又文类复杂的古文扫地出门，仅设置了诗歌、词、戏曲、小说的整体论述框架。刘经庵《中国纯文学史》的操作方式在中国文学史写作中属于特例，也自有其存在价值，但需要强调的是，当时的学术界显然并不是纯文学观念一统天下。

这里可以不提作为中国第一部文学史著作的林传甲《中国文学史》，因为它以经学为宗旨，以子、集等文章学为基础，兼采西学以补缺的立场，带有较为浓厚的官学色彩。而姚永朴所著《文学研究法》，则具有较高的对比价值。因为从作者生卒年来看，黄人生于1866年而卒于1913年，尽管他编撰了中国第一部受西方文学观念影响的文学史，但几乎算是清朝人物。姚永朴生于1861年而卒于1939年，在民国生活了近三十年。姚氏所著《文学研究法》由商务印书馆于1914年初版，并于1921年、1922年、1923年多次再版，可见其在当时的影响。恰恰是这样一部比黄人《中国文学史》晚出的著作，采用的却是中国传统文章学的观念。张玮在其初版序言中称："其发凡起例，仿之《文心雕龙》。自上古有书契以来，论文要旨，略备于是，后有作者，蔑有尚之矣。"[1]作者沿用萧统《文选序》的做法，分别区分文章与性理家、考据家、政治家、小说家所撰著作的差异，以突出文学的特征，最后总结道：

> 吾尝论古今著作，不外经、史、子、集四类。约而言之，其体裁惟子与史二者而已。盖诸子中，《管》《晏》《老》《墨》《列》《庄》《扬》《韩非》《吕览》《淮南》，皆说理者也；屈、宋则述情者也；《左》《国》、马、班以下诸史，则叙事者也。经于理、情、事三者，无不备焉，盖子、史之源也。如子之说理者本于《易》，述情者本于《诗》；史之叙事者，本于《尚书》《春秋》、三《礼》。此其大凡也。集于理、情、事三者，亦无不备焉，则子、史

---

[1]（清）姚永朴撰，许振轩校点：《文学研究法》，黄山书社2011年版，第1页。

之委也。自鄙夫小生，以肤辞浅说，附诸大雅之林，于是四部之书，惟此一类为杂。苟欲剪刈卮言，别裁伪体，使不明其范围所在，何由振雅而祛邪哉？大抵集中，如论辩、序跋、诏令、奏议、书说、赠序、箴铭，皆毗于说理者；词赋、诗歌、哀祭，则毗于述情者；传状、碑志、典志、叙记、杂记、赞颂，皆毗于叙事者。必也质而不俚，详而不芜，深而不晦，琐而不亵，庶几尽子、史之长，而为六经羽翼。骤观之，其义若狭；实按之，乃所以为广耳。[1]

按照姚永朴的分类，古今著作可分为子、史两种，体现为说理、述情与叙事三种表达方式。具体到集部，则又可细分为论辩、序跋、词赋、歌诗、传状、碑志等不同文类。而经，既是各层体类之源头，亦为写作之宗旨，与更为广阔的政教实用相关联。受时代风会影响，姚永朴也采用了"文学"这一术语，但又沿袭了桐城家法之文章观念。此种观念有其明显的局

---

[1]（清）姚永朴撰，许振轩校点：《文学研究法》，黄山书社2011年版，第23—24页。

限性，比如，他斥小说为"情钟儿女，入于邪淫；事托鬼狐，邻于诞妄"[1]，将其剔除文学之列。但纵观全书，其价值也未可一笔抹掉。作者具有深厚的古文修养，对古文理论深有会心，因而他概括出的文章学内涵无疑更合乎历史实际，更能接续中国文论传统的文脉，这体现了民国学界文学观念建构的另一个重要侧面。

今天，回顾黄人与姚永朴所代表的文学观念建构，有两个重要问题值得深思。一是在文学研究中，能否用现代的纯文学观念去研究中国古代的文章学内容。如果不能，是否应该建立更为多元的文学观念与研究模式。在过去一百年里，纯文学观念的建立，为文学研究的学科建设做出了无可替代的贡献，但也遭遇到许多困惑与尴尬。比如关于"**魏晋文学自觉**"说，自铃木虎雄、鲁迅等人提出那是一个"为艺术而艺术"的时代后[2]，一直备受争议。究其原因，恐怕就是今人所持的纯文学观念与**魏晋**时代的文章观念出入过大而无法沟通，从而难以形成

---

1 （清）姚永朴撰，许振轩校点：《文学研究法》，黄山书社2011年版，第22页。
2 铃木虎雄认为："**魏**的时代是中国文学的自觉时代。"（[日]铃木虎雄：《中国诗论史》，许总译，广西人民出版社1989年版，第37页）鲁迅在《魏晋风度及文章与药及酒之关系》中沿袭了这一说法（鲁迅：《鲁迅全集》第3卷，人民文学出版社1981年版，第504页）。

真正的学术命题。当人们说曹丕《典论·论文》是文学自觉的重要证据时，又无法解释其名言："夫文本同而末异。盖奏议宜雅，书论宜理，铭诔尚实，诗赋欲丽。"[1]说"诗赋欲丽"是文学自觉当然可以，但奏议、书论和铭诔显然难以纳入现代纯文学的范围，而只能包括在传统的文章中，将其视为文学之体现，无异于自我否定。现当代文学与古代文学，以书面文本为主要对象的汉民族文学与大多只有口头传唱形式的少数民族文学，是否应在研究的理念与方法上有一定区别？二是现代纯文学观念是否与中国古代文学的历史实际相吻合。如果不吻合，这是中国古代文学古典性特征的体现呢，还是纯文学观念自身存在的局限呢？这里隐含的深层问题是，中国古代是否也曾经存在过纯文学观念。如果存在，它何以未能成为中国文学的主导性概念，而是始终与重教化、重实用的儒家文章观念共同支撑起中国文学的主体结构。这个问题不仅仅牵涉到如何研究古代文学的历史与属性，更与当下的文学理论与创作具有密切联系。因为在今日学界不断宣判"文学已死""文

---

[1] 郁沅、张明高编选：《魏晋南北朝文论选》，人民文学出版社1996年版，第13页。

学理论已死"的学术背景下,发掘中国古代文章学理论的思想资源极具现实意义。

二

关于文学史观,20世纪以来形成了所谓"一代有一代之文学"的基本观念,即先秦《诗经》与《楚辞》、两汉辞赋、魏晋骈文、唐诗、宋词、元曲、明清小说等。如果仅从各朝代找一种代表性文体作为其特色并加以关注与叙述,倒也问题不大。关键是其中隐含着一种历史观和价值判断。自西学输入以后,西方的历史观念强势地左右了中国文学史研究。本来中国古代也有列举某朝某代文学代表性文体的习惯,比如元人虞集就说过:"一代之兴,必有一代之绝艺足称于后世者。汉之文章,唐之律诗,宋之道学,国朝之今乐府,亦开于气数音律之盛。"[1] 但他们的主要目的在于标榜本朝某种文体优势,而无意于对历史整体进行归纳与评判。在现代学术史上,由于受到西方近代进化论观念的影响,人们将此种"一代有一代之文学"

---

1 (元)孔齐:《至正直记》,中华书局1991年版,第67页。

的说法扩展为一种文学发展观，认为新文体必然会替代旧文体而占据文学史主导位置。判断某一朝代文学创作的价值标准也就成了看这一朝代是否有新的文体创造。如果没有，则无法认定其文学史贡献甚至存在价值。于是，就有了写诗史仅止于元代的极端做法。从进化论出发，后来又延展出规律论，因此便有了种种文学发展规律的总结，即所谓的文学自觉论、唐诗繁荣规律论、元曲繁荣规律论甚至《红楼梦》创作规律论等。文学史研究变成文学鉴赏的作家作品论加文学规律总结。反观现代学术史上出现的数百种文学史著作，之所以会大同小异，与此种规律论指导下的文学史观不无关系。文学史的编写是否就是为了总结规律，这些规律能够对当今的文学理论与创作起到何种作用，都是值得深刻反思的。

站在今天的学术反思立场来回顾现代文学史观的形成过程，我们也能够发现一些值得重视的思想。以进化论为例，它曾是从传统文章观到现代文学史观转型的基础性理论，如果没有此一观念的输入与流行，学界显然无法从价值观与历史观方面找到走出传统观念的突破口。中国古人论及文章的历史演变，主要着眼于文体正变，其中既包括体制的演变，也包括体貌的变迁。但这些都与"征圣""宗经"的复古观念密不可分。

刘勰《文心雕龙·通变》曾如此概括古今文体演变大势："榷而论之，则黄唐淳而质，虞夏质而辨，商周丽而雅，楚汉侈而艳，魏晋浅而绮，宋初讹而新。从质及讹，弥近弥淡。何则？竞今疏古，风味气衰也。"[1] 商周之所以能够具备"丽而雅"的体貌，乃是由于其达到了礼乐文明的高峰，不仅制度健全，而且蕴为五经，成为万世之经典。五经不仅是治世之宝典，更为文章之楷模，所谓"并穷高以树表，极远以启疆，所以百家腾跃，终入环内者也"[2]。作为经典创造者与整理者的周公、孔子，自然成为后世学习的榜样，所谓"征之周孔，则文有师矣"[3]。正是这种根深蒂固的"征圣""宗经"观念，逐渐熔铸成中国古代诗文演变一代不如一代的"退化论"与创作上复归大雅的复古观，比如唐诗的初、盛、中、晚四段说，前、后"七子"的"文必秦汉、诗必盛唐"的复古论等。如果不打破此一传统，就无法建立起新的文学史发展线索与叙述框架，而晚清

---

[1] （南朝梁）刘勰著，范文澜注：《文心雕龙注》下册，人民文学出版社1958年版，第520页。
[2] （南朝梁）刘勰著，范文澜注：《文心雕龙注》上册，人民文学出版社1958年版，第23页。
[3] （南朝梁）刘勰著，范文澜注：《文心雕龙注》上册，人民文学出版社1958年版，第16页。

由西方输入的进化论则成为破旧立新的锐器。自严复将《天演论》译介进中国后,在"救亡图存"的时代旋律的鼓动下,进化论顿时风靡开来。在时人眼中,进化意味着进步,进步意味着现代性。梁启超等人则将进化论移之于文学史叙述:"中国结习,薄今爱古,无论学问文章事业,皆以古人为不可几及。余生平最恶闻此言。窃谓自今以往,其进步之远轶前代,固不待蓍龟,即并世人物亦何遽让于古所云哉?"[1]以梁启超的影响力,又借着时代大潮的推动,此说自是一呼百应,和者如云。此后,王国维又将进化论与文体演进结合起来,勾勒出一条诗体演进的线索:

> 四言敝而有《楚辞》,《楚辞》敝而有五言,五言敝而有七言,古诗敝而有律绝,律绝敝而有词。盖文体通行既久,染指遂多,自成习套。豪杰之士,亦难于其中自出新意,故遁而作他体,以自解脱。一切文体所以始盛终衰者,皆由于此。故谓文学后不如前,余未敢信。但就一体

---

[1] 梁启超著,舒芜校点:《饮冰室诗话》,人民文学出版社1959年版,第4页。

论，则此说固无以易也。[1]

在此，王国维将代有所胜的固有传统与文体代兴的进化观念有效对接起来。后人在其基础上，又加上明清戏曲小说的代兴，建构起中国文学史叙述的基本框架。即以进化论为基本观念，以文体演进为基本线索，以诗歌、散文、戏曲、小说为基本体裁，以先秦、两汉、魏晋、隋唐、宋元、明清、近代为基本格局，进行作家作品、文学流派及文学批评的介绍。尽管1949年后又在唯物史观、人民性及现实主义的指导下进行了充实改造，但基本格局没有改变。

这种纯文学观念指导下的文学史编撰，开启了中国古代文学史书写的新模式，具备了现代的学术品格，形成了明确的学科意识，并为大学教育提供了基本教材。其对学术转型的推动作用至今无可替代，但缺陷也有目共睹，最突出的就是所谓的"模式化"倾向。有学者曾总结说：

---

[1] 王国维著，徐调孚注，王幼安校订：《人间词话》，载《蕙风词话 人间词话》，人民文学出版社1960年版，第218页。

二十世纪三十年代，中国文学史的出版在数量上达到了一个高峰。由于一般的文学史家都接受了从因果联系的角度观察历史的逻辑，也能够共享到文学史史料发掘和考证的成果，因此这时出版的绝大部分中国文学史似乎达成了一个共识：它们会在同一个地方开头、结束，会有同样曲折的情节；它们列举的时代"代表"总是相同的，还有所谓的"代表"作品也总不出那些篇目；无论那文学史是厚还是薄，分配给一个时代、一个人或一篇诗文的篇幅比例，却都是一个尺码量下来的。[1]

这种"模式化"弊端产生的原因可能很多，诸如风气、学养、资源及出版等，但最主要的还是基本学术理念与研究方法的趋同且存在严重缺陷。进化的观念固然有利于扭转传统的复古意识与历史"退化论"，但其本身并不一定符合中国古代文学历史发展实际。因为文学史研究的任务在于总结古人是如何通过各种文体的写作与批评以满足其精神需求，而不仅仅是衡

---

[1] 董乃斌、陈伯海、刘扬忠主编：《中国文学史学史》第2卷，河北人民出版社2003年版，第71页。

量是否进步和有无文体创造。换句话说，不应将古代各种文体看作线性的替代过程，而应看作滚雪球式的累积过程。人们的精神需求会随着社会的发展而日益趋于多元，因而也就需要更多的文体去满足不同阶层、不同群体及不同身份读者的口味。这就是说，一种新文体的出现并不意味着其他旧文体就走向衰落甚至退出文坛，而常常是新旧并存，相互补充，共同满足时代文化需求。面对如此丰富、复杂的历史景观，理应有更为多元的理论方法进行研究，而不是将其抽象、简化为单一的线性进化模式。

如此看来，学界应将眼光转向民国初期，那时的文学史研究模式尚未定型，比较多元，那些非主流学者的做法，可能更富启示意义。民国初期出版的文学史，最大特点是夹杂，即它们往往是中国传统文章学与西方文学史理论杂糅与拼接的产物，给人以"四不像"的观感。谭正璧曾说："过去的中国文学史，因为根据了中国古代的文学定义，所以成了包罗万象的中国学术史。"[1]郑宾于更贬斥道："据我的眼光看起来，似这般'杂货铺式'的东西，简直没有一部配得上称之为'中国文学

---

[1] 谭正璧编著：《中国文学进化史》，光明书局1929年版，第2页。

史'的作品。"[1]谭、郑二人的讥讽当然不能仅视为文人相轻的陋习，民国初期编写的文学史，无论是林传甲的还是黄人的，都存在此类中西驳杂的特点，甚至连王国维、刘师培、章太炎的中国文学史研究，也都不同程度地存在这种情况。他们往往以中国文章学的外延作为叙述对象，体例也受到传统目录学、诗文评与文苑传的影响。在此要追问的是，这些特点是否全为陈旧过时的封建遗存而应予抛弃？情况显然并非如此简单。以时代较早的刘师培为例，其《中国中古文学史讲义》的体例与后来的新文学史体例明显不同。它基本上承袭了中国传统的学案体体例，全书共分"概论""文学辨体""论汉魏之际文学变迁""魏晋文学之变迁""宋齐梁陈文学概略"五章，已梳理出文学的历史线索与分期，具备了文学史的模样。但细看内容，又与后来的文学史迥然不同。如"论汉魏之际文学变迁"一章，由三部分构成：第一部分为总论，结合时代风气概述该时期文章"渐趋清峻""渐藻玄思""骋词之风"与"益尚华靡"等特点；第二部分大量征引《文心雕龙》《魏志》等前人评论文字予以印证，并附有自己的点评；第三部分则附录了12篇

---

[1] 郑宾于：《中国文学流变史》，北新书局1931年版，第7页。

当时著名作家的典范文章。[1]如此写法，当然不如后来的文学史条理、系统，却能达到切实呈现该时代文学体貌及成因的实效，因而至今依然不失为一部特点鲜明的文学史典范之作。刘跃进曾将其优点概括为"资料的系统性""论断的精确性"与"教学的实用性"[2]，可谓符合该书实际。

刘师培之所以能够独树一帜地进行文学史书写，是由于他具备较为深厚的古代文章学素养，从论述框架到行文方式都能汲取中国传统文论的精华。比如他论述历代学术与文风演变之关系时说："文虽小道，实与时代而变迁。"[3]很容易令人联想到《文心雕龙·时序》论述历代文风变迁的笔法，所谓"质文沿时，崇替在选。终古虽远，旷焉如面"[4]。今天看来，《文心雕龙》这类传统文论著作所提供的理论方法与叙述技巧远不止于此。比如将"体要"作为文体辨析的核心，将"原始以表末，

---

1 参见刘师培著，刘跃进讲评《中国中古文学史讲义》，凤凰出版社2011年版，第8—24页。
2 刘师培著，刘跃进讲评：《中国中古文学史讲义》，凤凰出版社2011年版，第23页。
3 刘师培著，舒芜校点：《中国中古文学史·论文杂记》，人民文学出版社1959年版，第117页。
4 （南朝梁）刘勰著，范文澜注：《文心雕龙注》下册，人民文学出版社1958年版，第675—676页。

释名以章义，选文以定篇，敷理以举统"[1]作为论述文体的框架，都是值得效仿的经典做法。民国时期，在"西学东渐"的大潮中，学界往往注目于文学史观念的趋新与入时，将大量精力用于消化吸纳西学的理论与方法，而对如何将中国传统思想资源转化为新的文学史写作则缺乏深入思考。即使有刘师培、章太炎和钱基博等人的探索与试验，但由于人们的眼睛大多盯在文学观念现代化的主潮上，对于他们的可贵探索往往重视不够甚至视而不见。

三

影响20世纪以来中国古代文学研究的基本观念问题，还有情感与理性的关系。由于受到西方近代以来纯文学观念的影响，学界逐渐达成一种共识，即文学是用来抒发自然性情、表达自我个性并用形象的方式去表现自我感受的，因而情感个性、故事情节、人物形象逐渐占据了文学研究的主要空间，即

---

[1]（南朝梁）刘勰著，范文澜注：《文心雕龙注》下册，人民文学出版社1958年版，第727页。

使研究作家作品的思想内涵，也一定要通过形象的方式加以说明。这似乎已成为文学研究的基本内涵与价值判断的主要依据。受此影响，议论性、应用类文体首先被排除出古代文学研究的范围，即使面对《庄子》《论语》这样的传统经典不能完全舍弃，也仅仅是关注其文学属性而对其核心要素忽略不谈。可是，这与中国古人的做法相去甚远。刘勰在《文心雕龙》中论文章风骨，既重视情感深厚的感染力，也重视骨力劲健的逻辑力量，在他眼中，抒发情志的《子虚赋》和说理有力的《册魏公九锡文》同样是具有风骨的典范之作。[1]可在今天的文学史书写中，《册魏公九锡文》之类的应用文章早已失去重要位置。同时，还有价值判断的倾斜。"唐宋诗之争"本来是中国古代文学创作与批评中难以定论的诗体之争，但宋诗因为重说理、重议论与重学问的时代特征，在现代学术史上始终难与唐诗相提并论。在明代，本来重唐诗传统的复古诗派与重抒写自我的性灵诗派共同构成诗坛的基本格局，可是到了文学史中，明代诗史成了复古与反复古的单线发展过程。将理性、道德与

---

[1] 参见（南朝梁）刘勰著，范文澜注《文心雕龙注》下册，人民文学出版社1958年版，第513—514页。

情感视为不同学科的研究对象,是近代西方学科意识的体现,对于突出各自学科的属性、深入探求人类不同领域的知识当然有便利之处,但这显然和中国传统讲究整体、系统的观念不相吻合。中国古人往往不把理性与情感截然分开,而是以理节情或以情补理,既讲究文体的实用功能与教化效果,又重视表达的华美漂亮与清通畅达,所谓"圣文之雅丽,固衔华而佩实者也"[1],这难道不是更有利于文学创作水平的提升与文学功能的实现吗?

"情"与"理"这对范畴在中国古代文学研究的发轫阶段之所以向情之一端极度倾斜,不仅有受西方影响的学理原因,更有当时新文化运动反封建、反礼教的现实原因。人们常常会把情与理的关系与"诗言志""诗缘情"的传统命题联系起来讨论。朱自清曾在《文学的标准与尺度》中说:"即如诗本是'言志'的,陆机却说'诗缘情而绮靡'。'言志'其实就是'载道',与'缘情'大不相同。"[2]后来裴斐还就此专门写了一本影响很大的著作《诗缘情辨》。[3]其实情与理所包含的意蕴本

---

[1] (南朝梁)刘勰著,范文澜注:《文心雕龙注》上册,人民文学出版社1958年版,第16页。
[2] 《朱自清古典文学论文集》上册,上海古籍出版社1981年版,第6页。
[3] 裴斐:《诗缘情辨》,四川文艺出版社1986年版。

来就十分丰富,远非"载道"与"缘情"所能囊括。朱自清本人就写过一篇《诗言志辨》专论来探讨此一问题,他引用了袁枚的话:

> 诗人有终身之志,有一日之志,有诗外之志,有事外之志,有偶然兴到,流连光景,即事成诗之志。(《小仓山房尺牍》十)

朱自清分析道:"这里'志'字含混着'情'字。列举的各项,界划不尽分明。'终身之志'似乎是出处穷通,'事外之志'似乎是出世的人生观。"[1]说这段表述"界划"不清当然是事实,但这不是袁枚的责任,而是"志"本身就是复杂的,它不仅包含载道之志,也包含出世之志,甚至包含了享乐追求,这样就把情也囊括进来了。其实这背后还隐含着另一层意蕴,即情与理有时难以强为划分。叶燮在论及杜甫时说:"千古诗人推杜甫。其诗随所遇之人之境之事之物,无处不发其思君王、忧祸乱、悲时日、念友朋、吊古人、怀远道,凡欢愉、幽

---

[1]《朱自清古典文学论文集》上册,上海古籍出版社1981年版,第229页。

愁、离合、今昔之感，一一触类而起，因遇得题，因题达情，因情敷句，皆因甫有其胸襟以为基。"[1] 杜甫之所以被尊为"诗圣"，既与其诗歌艺术的集大成有关，也与其忧国忧民的情怀有关，我们如何能够将其忧国忧民中的载道、言情、忠君、忧民等截然划分开来呢？

可能也正是鉴于此一点，在学界主流强分理性与情感的浩大声势中，始终有批评声音存在。吴宓公开反对"文学以情感为主，说理叙事均非文学"的说法，认为此种看法"盖皆由不知文学之范围实与人生之全体同大"[2]。钱锺书更是从学理上进行了较为深入的辨析。他不同意西学将知与情两分的主张，认为德昆西"力的文学"与"知的文学"的划分，未能凸显文学的特性，而被当时学者广为征引的萧统《文选序》的所谓纯文学论述也是有缺陷的，他认为萧统论文"一以题材为准，均采抒情言志之作，不收说理纪实之篇"，是"为义极狭"的看法，因为在题材上是无法区分文学与非文学的。他说："文学题材，随时随人而为损益；往往有公认为非文学之资料，无取以入文

---

[1] （清）叶燮著，霍松林校注：《原诗》，载《原诗·一瓢诗话·说诗晬语》，人民文学出版社1979年版，第17页。
[2] 吴宓：《文学与人生》，《大公报》1928年1月9日。

者，有才人出，具风炉日炭之手，化臭腐为神奇，向来所谓非文学之资料，经其着手成春之技，亦一变而为文学，文学题材之区域，因而扩张，此亦文学史中数见不鲜之事。"[1] 在钱锺书看来，无论是载道题材还是言志题材，只要经过作家妙手回春的书写，均可产生文学作品。这正是作家创造力的表现，所谓"杼轴献功，焕然乃珍"[2]。

可惜的是，吴宓、钱锺书等人的告诫与呼吁未能抵御住纯文学化的强大思潮。在现代纯文学观念中，理与情的差异及对立日益明显，遂产生出许多似是而非却又影响深远的学术命题。比如，诗歌史研究中理性与情感的两分，小说研究中冯梦龙情教说对理学的批判，戏曲史研究中汤显祖至情论对礼教的抗争，等等，都曾广为流行且至今影响颇大，成为许多学者知识结构中的稳定要素或研究相关问题的学术前提。其实，这种情与理两分的思维，很难经得起文学史史实的检验。以汤显祖为例，作为一位性格耿直、作风正派的朝廷官员，说他反礼教显然在其人生履历中找不到任何证据，而他创作的一往情深的

---

[1] 钱锺书：《中国文学小史序论》，《国风（南京）》1933年第3卷第8号。
[2] （南朝梁）刘勰著，范文澜注：《文心雕龙注》下册，人民文学出版社1958年版，第495页。

《牡丹亭》，也仅仅是嘲讽理学与礼教的僵化生硬。他要做的是以情补理而不是以情反理。[1]在中国古人的文论话语系统中，很少将情与理对立起来，而往往将两者视为共存互补。叶燮论诗，统之以"理""事""情"三要素，所谓"曰理、曰事、曰情，此三言者足以穷尽万有之变态。凡形形色色，音声状貌，举不能越乎此"[2]。可是，在现代学术背景下，这种情、理并行的古老传统，被人为地强行拆分成互不相容的学科领域，实在应该引起反思。

四

上文仅举例说明对于中国古代文学研究中原发性问题进行反思的必要性，既不是原发性问题的全部，也不意味着仅仅在现代学术史上才存在原发性问题。目前学界已有不少学者在对原发性问题进行研究。比如对现代纯文学观念的形成过程，就有日本学者铃木贞美的《文学的概念》。作者将日本现代文学

---

[1] 关于汤显祖至情说的思想史背景与内涵，参见左东岭《阳明心学与汤显祖的言情说》，《文艺研究》2000年第3期。

[2] （清）叶燮著，霍松林校注：《原诗》，载《原诗·一瓢诗话·说诗晬语》，人民文学出版社1979年版，第23页。

观念的构成置于西方文学观念与中国传统文章观念交互影响的历史进程中予以考察,并指出其利弊。她在书中借用雷蒙·威廉斯的话说:"决定我们今天的价值观和思考的框架中起到根本作用的一切几乎都是不可靠的。"[1]话也许说得有点过,但可起到振聋发聩的警醒效果。质疑前辈学者,尤其是对那些开创新领域和建立新范式的学者来说,乃是进行学术创新的重要前提。质疑既是一种意识,也是一种能力,同时也应该成为一种学术习惯。

陈广宏《中国文学史之成立》则从欧洲经验、中国传统与日本中介的互动视角,观察中国文学史学科之建立与研究范式之构成。[2]作者并未罗列所有文学史著作予以介绍,而是集中于三个重点问题进行聚焦式讨论。首先是明治维新时期日本如何引入泰纳等人的西方文学史观念以形成新的文学史研究范式,其次是讨论清末民初中国学界如何吸纳日本经验与西方理论以建立中国文学史书写形态,最后是胡适之后文学史建构多维拓进的学理追踪。应该说这已是接近于原发性问题的论述而非一般学术史叙述了,具有一定的学术高度与理论品格。遗憾

---

[1] [日]铃木贞美:《文学的概念》,王成译,中央编译出版社2011年版,第4页。
[2] 参见陈广宏《中国文学史之成立》,上海古籍出版社2016年版。

的是，此书未能系统论述那一时期坚守本土传统的文学史书写，这稍微影响了其研究的完整性。

对中国学术传统中原发性问题进行探讨的例子，可以举出《明代文学还原研究：以〈四库总目〉明人别集提要为中心》与《〈四库全书总目〉的官学约束与学术缺失》。[1]这两部书有如下三点值得关注。一是对还原节点的把握比较准确。作者总结了明人本身的学术认知偏颇、清代四库馆臣的立场偏见以及民国学术转型时的视野遮蔽这三个需要还原的节点。当代人总结本朝文学现象，难免带有个人成见与偏颇，所谓身处其中而"不识庐山真面目"也。下一朝代的人对于前朝文学，难免从自身立场出发进行选择、评判，因而会遮蔽某些自己忌讳的史实与看法。而民国学术转型则牵涉到中西文化碰撞与古今转型，也有可能对历史有所遮蔽。还原的第一步就是要找出原发性问题产生的节点，这很重要。二是通过对比发现被扭曲的历史事实。只有将历史原状的探寻与历史景观的反思结合起来，才会意识到某些历史事实可能被遮蔽、歪曲了。三是对原发性

---

[1] 何宗美、刘敬：《明代文学还原研究——以〈四库总目〉明人别集提要为中心》，人民出版社2014年版；何宗美、张晓芝：《〈四库全书总目〉的官学约束与学术缺失》，人民文学出版社2017年版。

问题产生原因的分析颇有启发性。比如，作者认为，四库馆臣的学术缺失乃是由于受到官方意识主导而产生的。这当然没有问题，但也许并非只有这一个因素，还可以做更加细致、深入的研究。以上三点对原发性问题研究颇富启示价值。

这些著作都带有一定的反思性质，但尚不能称为典型的原发性问题研究。原发性问题研究，从其学术性质来说，应具备以下几项内容。一是必须提出明确的基础性、原理性、关键性问题集中予以探讨。二是研究重点不在于结论的正确与否，而是学理性偏差或缺失。当然，首先指出结论的失误或偏颇也是很有必要的，但不能止步于此。只有深入学理层面，才能发现研究范式的漏洞，进而思考如何纠正。三是要深入探讨问题形成的时代、个人等复杂原因，尤其是要进行综合、系统的考察，不使分析流于简单化与表面化。四是要揭示其对于学界同类研究之重要负面影响。不仅要关注直接影响，还要追踪间接影响。只有做到上述几点，才能真正达到正本清源的目的，为新的学术理念与研究范式的产生营造土壤。

（原刊《文艺研究》2021年第8期）

影响中国近古文学观念的三大要素
——兼论地域文学研究的理念与方法

影响文学观念的因素是多样的,其中既有文学本身的传承与开新以及文体之间的影响,更有与各种历史文化要素诸如政治、经济、宗教、风俗、军事等的密切关联。然而具体到各个不同的历史阶段,影响文学观念的因素又是各有侧重的。就中国近古而言,除了经济、宗教、风俗等一般因素之外,朝代更替所导致的民族关系激化、理学观念的流行和地域观念的日渐强化,乃是该历史阶段必须重点关注的影响文学观念的三大要素。

一、政治与文学观念：朝代更替与民族关系

所谓的政治与文学观念的关系，其实质乃是文化史与文学观念史的关联性问题，这包括政治、经济、宗教、军事等要素。当然，各文化要素与文学观念之间关系的远近是有差异的。一般来说，政治因素与文学观念的关系最为直接，因为政治的动荡与变化表现方式比较明显，与文人的命运关系最为密切，因而对其文学创作与文学观念的影响也最为显豁。在元、明、清这三个朝代，最为突出的政治元素乃是朝代更替。这不仅是因为朝代更替属于最为剧烈的政治变动，更为重要的是这三个朝代的更替都与民族的冲突、融合纠结在一起，也就有了其他朝代更替不一样的内涵。

朝代更替与文学观念的关联主要体现在对文人心态的影响方面。在这样剧烈动荡的时局中，文人必须面对新与旧、仕与隐、生与死的巨大考验，加上民族的冲突，还要在君臣大义与夷夏之防方面做出艰难的抉择。于是，文人在平时不宜展现的人生面相此时却无可回避地予以展示，并通过文学创作表达出来，而复杂多元的文学观念也随之而生。

研究该时期的文学观念，必须关注与承平时期不太相同的

一些问题，这就是由朝代变迁与文人复杂心态所导致的文学观念的多元性、复杂性、变异性和延续性。从个体研究的角度看，必须要考虑到朝代更替所造成的巨大人生变化，以及由此所导致的文学观念的转变。以宋濂为例，以前学界主要是将其视为明代开国文臣之首，其文学观念也主要代表了明朝廷的主流观点。其实他在元末与明初的创作状况及文学观念是有很大差异的。因此，研究宋濂的文学观念就必须在以下三个方面予以辨析：元末与明初、私人化写作与台阁体写作、诗歌与文章的不同体式。因为在元末他更多的是在进行个体的独立创作，不仅进行散文写作，而且留下了大量的诗歌作品。因而尽管其文学观念也重视文学的载道功能，但也表现出针砭现实、抒写自我性情的倾向。入明之后，他几乎很少写诗，更多的是在朝廷中撰写各种公用文体，某种程度上代表了朝廷的旨意。如果不进行这样的区分，将难以弄清宋濂文学观念的真实内涵。

对于朝代更替之际的文人群体而言，则需要关注不同民族关系所导致的时代差异。比如元、明之际与明、清之际，一个是汉族政权取代蒙古政权的朝代更替，另一个是满族政权取代汉族朝廷的鼎革之变，则文人们处于不同性质的易代之际的感受与人生选择是有较大差异的。在元末明初，占据文坛主流观念的是复归大雅的台阁体追求,并且最终演变为流行百年的台阁体文风。明、清之际则是以遗民创作为主流的文坛格局,强烈的史诗意识与批判精神成为那一时代的主流文学观念。在处理易代之际的政治与文学观念的关联时,应注意以下两个不同的层面。

一是文学观念与朝代更替的同步关系。也就是说,文学思潮会随着朝代的更替发生相应的转变。比如在宋、元易代之际,诗学的取向发生了变化:

> 异时搢绅先生无所事诗,见有攒眉拥鼻而吟者,辄靳之曰:"是唐声也,是不足为吾学也。吾学大出之可以咏歌唐虞,小出之不失为孔氏之徒,而何用是啁啾为哉?其为唐诗者,泪然无所与于世则已耳,吾不屑往与之议也。"诠改举废,诗事渐出,而昔之所靳者,骤而精焉则不能,因亦浸为之。[1]

---

1 (元)戴表元:《张仲实诗序》,载(元)戴表元著,李军、辛梦霞校点《戴表元集》,吉林文史出版社 2008 年版,第 114 页。

> 自京国倾覆，笔墨道绝，举子无所用其巧，往往于极海之涯、穷山之巅，用其素所对偶声韵者，变为诗歌，聊以写悲辛，叙危苦耳，非其志也。[1]

> 科举废，士无一人不为诗。于是废科举十二年矣，而诗愈昌。前之亡，后之昌也，士无不为诗矣，所以为诗亦有同者乎？[2]

在此，宋、元的易代引起文坛的两种改变，那就是科举的兴废导致了文人们对于诗歌创作的再度关注，而且带来了诗歌品格、传统选择的转变。尽管从南宋的"四灵"开始已倡导唐风，但讥讽唐诗传统、倡导教化议论的声音在文坛上也不绝于耳。可见，从宋诗重议论教化转向对于唐诗风格的追求，则是通过宋、元易代而完成的。也许这种改变是被动的甚至是迫不得已的，但诗歌的价值与功用的确发生了变化却是显而易见

---

[1]（宋）舒岳祥：《跋王榘孙诗》，载李修生主编《全元文》第3册，江苏古籍出版社1998年版，第244页。
[2]（宋）刘辰翁：《程楚翁诗序》，载李修生主编《全元文》第8册，江苏古籍出版社1998年版，第552页。

的。这与宋濂等所处的元、明之际的情况恰好相反，明朝的建立使得文人或主动或被动地卷入官场为新朝服务，在进入新朝的文人中，大多数人的文学创作均在实用功能方面得到了强化，而诗意的抒情却日益淡化。

二是朝代更替与文学观念之间的非同步关系乃至相反的关系。易代之际是政治变动最大的历史时期，而对于政治敏感性极强的文人来说，更容易引起他们情绪与心态的波动，但窥诸实际却又并非那么简单。比如，明代取代元朝之后，从政治上说是汉人重新占据了统治地位，文人理应欢欣鼓舞并积极参与到新政权的建设中去，但明初的文人中却有许多人厌倦政治而向往隐逸。原因何在？原来这些文人在元代被政治边缘化之后，逐渐养成了一种旁观者心态与懒散习性，尽管政治环境发生了巨大变化，但他们很难骤然改变自我的习性，而是依然顺从自己的老习惯去面对人生。此种情况反映在文学观念上，便是隐逸文人对诗意生活的向往与自我情感的表达，从而与台阁体的存在构成一种相反相成的多元局面。

以上是所谓旧时代、旧习惯的延续，同时还存在着横向的观念复杂性。比如，刘基的文学观念就是一个突出的实例：他在入明之后理论上主张台阁体的写作与昂扬盛大的诗风，他理想的文章乃是"理明而气畅"的体貌，但是在实际创作中却充满感伤，显示的是一种自我排遣的功能，追求一种深沉感伤的情调。清人钱谦益早已发现了此种矛盾现象："（刘基）遭逢圣祖，佐命帷幄，列爵五等，蔚为宗臣，斯可谓得志大行矣。乃其为诗，悲穷叹老，咨嗟幽忧，昔年飞扬磊砢之气，澌然无有存者，岂古之大人、志士义心苦调，有非斾常竹帛可以测量其浅深者乎！"[1]其实，身处元、明易代之际的文人，不仅刘基存在这种矛盾，许多文人也有此状况，刘基本人便吃惊地说："今我国家之兴，土宇广大，上轶汉、唐与宋，而尽有元之幅员，夫何高文宏辞未之多见？良由混一之未远也。"[2]这说明当时的文坛状况甚为复杂，文人们在政治上也许是充满希望的，但在自我个性的保持与自我性情的抒发上则是深感压抑的。因此，在面对朝代更替的政治巨变时，就既要关注其同步性，又不能忽视其差异性，否则便会把许多文学问题进行简单化的处理。

朝代更替与文学观念的关系不仅体现在易代之际本身，还

---

1 （清）钱谦益：《列朝诗集小传》上册，上海古籍出版社1983年版，第13页。
2 （明）刘基：《苏平仲文集序》，载（明）刘基著，林家骊点校《刘基集》，浙江古籍出版社1999年版，第89页。

可以延续至整个王朝的文学格局、基本品格与基本走向。比如，元朝与清朝都是由少数民族所建立的王朝，那么文人与朝廷的关系就要比其他王朝疏远一些，由此文人的政治热情与进取精神也相对较弱，影响到文学观念便是批判精神与文章风骨的缺失。当然，易代之际与承平之时的民族矛盾表现形式是有差异的，具体讲就是易代之际往往表现为激烈的语言行动，并在创作中得到集中的体现，而在承平时期则深藏于内心深处，并在创作中委婉曲折地流露出来。我曾经将元代江南文人的心态概括为旁观者心态，并认为这种心态决定了元代的诗学观念与诗歌创作。就清代来看，似乎是传统文学观念的回归，文人们更热衷于正统的文体与体貌，因而也有人将该时期称为中国古代文学的总结期。其实说到底，这乃是对政治的回避与自我保护的需要。想一想乾嘉学派所谓纯学术的品格，其实无论是其产生的原因还是其表现的形态，均与追求经国济世的传统儒家文人精神相去甚远。

二、思想史与文学观念：理学与心学

文学观念的研究就其实质而言乃是思想史的一个层面或者

说一个分支，因而要进行文学观念史的研究首先必须对中国古代的儒、释、道思想观念进行系统而深入的了解，甚至要有相当深入的研究。文学观念史与一般思想史的关联主要是价值观的层面，也就是说，儒、释、道的不同人生价值观会深刻影响文人的人生价值选择，然后进一步影响到其文学创作，尤其是在文学功能观上影响更为直接。因此，在文学观念史研究中，无论是对文人心态的研究还是对于文学功能观的研究，都必须探讨作者的人生价值观，而在背后起支撑作用的又离不开儒、释、道的思想观念。但是，这仅仅是一种理论上的可能性，具体到不同流派、不同时期以及不同作家那里，又需要做细致的辨析。比如，禅宗与理学在人生价值观上具有很大的差异甚至对立，因为禅宗追求的是个体自我的快适与精神的解脱，而理学则是从修身到治国、平天下的社会担当，但在进入文学领域后二者却都将诗歌作为传达其理念的工具，从而形成抽象化、概念化的特征。而作为同样追求圣人境界的理学和心学，均以遏制人欲和体认天理作为其治学目标，但对文学的影响却存在重大的差异。心学的良知观念由于包含了道德伦理、道德意志、道德情感与道德践履的丰富的主体要素，尤其是其追求的超然人生境界，决定了其本身所拥有的诗意特征，由此形成了明代的性灵诗学。可以说，一般思想史的研究更关注价值观之异同，而文学观念史除了关注价值观之外，还要关注思想史与文学审美的种种复杂关联。同时，文人们在面对同样的人生价值观时，各自做出的人生选择又可能是完全不同的。比如，宋濂与戴良同出于金华学派的黄溍与柳贯之门，可谓渊源相同，关系密切。然而，宋濂最终追随朱元璋而成就了开创明王朝的大业，被称为明代第一开国文臣，而戴良则至死拒绝入仕新朝而成为元朝遗民。可见价值观的趋同并不意味着相同的人生选择，其中还包含着每个个体对于儒家人生价值观的理解差异以及个人性情所导致的选择偏差，并最终会落实到他们各自的文学创作与文学观念之中。

具体到元、明、清文学观念的研究中，则主要体现在与宋、明理学尤其是阳明心学的密切关联。在明、清易代的过程中，曾有一个清算阳明心学的过程。代表官方的陆世仪和明遗民顾炎武都强调说：

> 近世讲学多似晋人清谈。清谈甚害事。孔门无一语不教人就实处做。《论语》曰"君子欲讷于言而敏于行"，又曰"敏于事而慎于言"，又曰"君子先行其言而后从之"，

又曰"君子耻其言而过其行",都是恐人言过其实。正、嘉之间道学盛行,至于隆、万,日甚一日,天下靡然成风,惟以口舌相尚,意思索然尽矣。此即真能言圣人之言,已谓之徒言,已谓之清谈,况于夹杂混乱拾二氏之唾余乎?[1]

刘、石乱华,本于清谈之流祸,人人知之,孰知今日之清谈有甚于前代者。昔之清谈谈老、庄,今之清谈谈孔、孟,未得其精而已遗其粗,未究其本而先辞其末。不习六艺之文,不考百王之典,不综当代之务,举夫子论学、论政之大端一切不问,而曰"一贯",曰"无言"。以明心见性之空言,代修己治人之实学。股肱惰而万事荒,爪牙亡而四国乱,神州荡覆,宗社丘墟![2]

上述两段话的作者立场并不相同,陆世仪代表清初官方的程、朱派立场,批评王学是为了振兴朱学;顾炎武则是站在总

---

[1] (清)陆世仪:《思辨录辑要》卷一,文渊阁《四库全书》本。
[2] (清)顾炎武著,(清)黄汝成集释:《日知录集释》卷七,岳麓书社1994年版,第240页。

结明代灭亡的立场而批判王学，同时他也批评理学说："理学之名，自宋人始有之。古之所谓理学，经学也，非数十年不能通也。故曰：'君子之于《春秋》，没身而已矣。'今之所谓理学，禅学也，不取之五经而但资之语录，校诸帖括之文而尤易也。"[1]尽管二者立场不同，但是均将其批评对象概括为清谈误国，并一致认为学术应转向重践履与学问的实学。

其实，陆世仪与顾炎武的批评对于王学末流来说也许不无道理，但用来指责王阳明则肯定是不恰当的，因为王学在为学目的上具有两个突出特征：一是倡导知行合一，也就是更重视践履的功夫；二是有切于身心，也就是真正达到提升境界、砥砺人格的目的。而这两方面结合起来，才是王阳明所说的圣学。其实，如果深究原始儒学、程朱理学与阳明心学的学术品格，就会认识到它们与文学的关系远近是有区别的。原始儒学是以礼为核心的伦理之学，重视人际关系的和谐与社会秩序的建立，因此这种学说更有利于政治的稳定。理学则是通过知识的论证达到对伦常关系的体认，并最终达成存天理、去人

---

[1] （清）顾炎武：《与施愚山书》，载（清）顾炎武著，华忱之点校《顾亭林诗文集》，中华书局1959年版，第58页。

欲的圣人品格。这种学说虽然也是以《大学》八条目的"治国""平天下"为最终目标的，但其实际所重视的依然是"格物""致知"和"正心""诚意"的修身工夫。阳明心学当然也强调儒家的伦常关系与修身的目的，但更看重的是自我人生境界的提升与心灵的"自得"，并以天下万物一体之仁的责任感投入社会践履之中。阳明心学有别于前二者的内涵主要包括如下几点：一是强烈的实践性，也就是行动的能力，这无论是泰州学派的乡村管理模式的实验，还是相互扶助的个体友情都体现了这一点；二是超然挺拔的个体人格追求，这带有鲜明的狂狷色彩；三是追求心灵快适的快乐原则。这些特征当然不全是正面的，尤其是对于政治的稳定来说，过于突出的狂狷个性与偏重自我行动的实践精神，都会对现有的制度造成一定的冲击。其实，在心学产生之后，始终都未能被纳入官方的框架，这不仅在王阳明生前即被朝廷定为"伪学"，即使在嘉靖年间心学大为流行的时期也多被压制，直到万历年间还为张居正所禁止。因此，阳明心学与文学观念之间的关联，除了为晚明文学观念提供了哲学基础之外，还有更为广阔的关联层面。其中最为重要的一点便是其独立的精神品格，用黄宗羲的话说叫作学有"宗旨"：

> 有明事功文章，未必能越前代，至于讲学，余妄谓过之。诸先生学不一途，师门宗旨，或析之为数家，终身学术，每久之而一变……诸先生不肯以朦胧精神冒人糟粕，虽浅深详略之不同，要不可谓无见于道者也。[1]

从横的一面，同一师门的宗旨可以分化为数家；从纵的一面，时间长了必然会发生变化。学术的活力就在于这种差异性和变动不居。这些不同派别与见解也许有"浅深详略之不同"，但其可贵之处在于不肯重复前人的陈词滥调而勇于表达自我对"道"的真知灼见。阳明心学喜欢聚众讲学，讲究心灵体验而不重经典研读，又有较为浓厚的门派意识，这些都是其缺陷，但其超越其他朝代儒学的优势也至为明显，那就是不盲从迷信而崇尚独立追求的精神。

在这种独立精神的鼓舞影响下，其自由讲学的风气鼓励了文人的交往与个体的自信，其狂狷的气质提升了文人的独立品格，其心灵体验的为学方式造成了流派的论争，其求乐的原则

---

[1]（清）黄宗羲：《明儒学案序》，载（清）黄宗羲著，沈芝盈点校《明儒学案》，中华书局1985年版，第7页。

鼓动了文人审美需求。所有这一切，都形成了社会的活力，为文学观念的多元发展、为文学流派的崛起纷争、为文学批评的有效展开、为文学理论的大胆创造，营造了适当的人文环境。如果仔细追溯一下明代文学观念的演变，许多方面都与心学有千丝万缕的联系：像唐宋派所提出的"本色论"主张，本身就是心学理论的延伸；李贽"童心说"的推出，就是心学体悟的结果；汤显祖"至情说"的出现，也与罗汝芳"制欲非体仁"的学说一脉相承。阳明心学的确对明代的政治带来了一定的冲击，也的确对明代空疏的学风起到了推波助澜的作用，但其所构成的具有活力的文学环境则是清代所不具备的。其实，尽管清人提倡由心学返回理学，最终却并没有取得理想的效果，因为当理学失去经国济世的目标之后，学术只能转向磨炼心智而远离政治的乾嘉考据之学。

我以为，心学与理学的学理特征及其与文学的关系，以及随着朝代变迁互为消长的不同命运导致的明、清两代不同的文学理论品格和差异巨大的观念形态，是研究近古文学观念不可或缺的环节。在这方面，尽管已经有人对理学、心学与文学的关系做过一些研究，但从其学理关联、心态影响与审美属性诸方面，显然还缺乏有深度的成果。

三、地域传统与文学观念：层级划分与互动关联

关于文学与地理的关系，学界已经有了许多研究成果，但从文学观念研究的角度来认识文学的地域特征与主流文学思潮的关系，还存在继续探讨的学术空间。就元、明、清三朝这一历史时段的状况看，这一问题域包含两个层面的含义：一是带有政治色彩与思想倾向的地域文学观念。这是一种比较笼统的地域观念，其关注的重点不在于具体的地缘特征而在于文化的差异。二是自然地理意义上的地域文化传统与文化习俗对于文学观念的影响。目前存在的问题是，学界尽管已经关注到了地域的因素，但元、明、清时期的文学观念研究还存在着两大缺陷：一是没有将地域观念与民族关系及易代变迁结合起来进行考察；二是地域文学观念的研究未能进行分层次的研究而显得较为笼统、模糊。以下将针对此二种缺陷略加评说。

所谓带有政治色彩与思想倾向的地域文学观念，是指自宋代南北对峙以来所形成的南北地域文化观，由于宋元、元明及明清的易代均牵涉到南北民族的冲突与融合因素，因而此种地域文化观中还常常混杂着民族关系的内涵。梅新林在其《中国

文学地理形态与演变》[1]一书中已关注到此一现象，作者曾用三个小节讲到元、明、清的文学地理状况："元代燕赵—吴越核心区系的对峙、对流与南移"，"明代吴越—燕赵核心区系的再次牵动与南移"，"清代燕赵—吴越核心区系的继续联动与南移"。从梅新林的论述来看，他把这三个朝代的文学地理分成南北二分格局，尽管其中也还穿插了其他次要的地域文学划分。应该说这种概括是符合历史事实的。其中既包含了气候、经济等自然因素，还包含了政治因素与文化因素。在元代与清代，南北对峙不仅是地理上的，更重要的是政治文化上的，由此形成了所谓的"江南情结"。根据元代留下的两条材料，可以推知江南情结的大致内涵：

> 豫章揭翰林曼硕题雁图云："寒向江南暖，饥向江南饱。物物是江南，不道江南好。"盖讥色目北人来江南之贫可富、无可有，而犹毁辱骂南方不绝，自以为右族身贵，视南方如奴隶。然南人亦视北人加轻一等，所以往往

---

[1] 梅新林：《中国文学地理形态与演变》，复旦大学出版社2006年版。

有此诮。[1]

屏风围坐须毵毵，绛蜡摇光照暮酣。京国多年情尽改，忽听春雨忆江南。[2]

上述材料所揭示的含义有二：一是民族关系中的南北文化对峙，二是江南文人的文化优越感。[3] 我曾依据此种江南情结，提炼出元代江南文人的旁观者心态，并在《玉山雅集与元明之际文人生命方式及其诗学意义》[4]一文中概括为四种功能：一是体现了江南文人的文化优越感，二是为当时文人提供了一种躲避祸乱与休憩身心的理想场所，三是为当时文人们施展才智、争奇斗胜提供了有效的方式，四是成为文人们追求生命不朽的有效途径。概括起来说，就是元代江南文人在失去政治前途之后，以一种旁观者心态而采取的一种游戏性的精神生活方式，

---

[1] 孔齐：《至正直记》卷三"曼硕题雁"，中华书局1991年版，第78页。
[2] （元）虞集：《听雨》，载（元）虞集著，王颋点校《虞集全集》，天津古籍出版社2007年版，第208页。
[3] 虞集另有《风入松》词也说："为报先生归也，杏花春雨江南。"[（元）虞集著，王颋点校：《虞集全集》，天津古籍出版社2007年版，第269页]
[4] 左东岭：《玉山雅集与元明之际文人生命方式及其诗学意义》，《文学遗产》2009第3期。

文本的审美创造在此已经失去其重要性,游戏娱乐成为其目的,而逞才斗巧则是其主要手段。这便是他们的诗学观念,与江南情结密切相关的一种价值取向。由此,在元、明、清文学创作中曾形成一种所谓的"江南意象",并最终构成一种与之相关的文学观念。此种观念在元代主要体现在以下几个方面:文体上的散曲与诗歌的差异、艺术上的杂剧与传奇的并立、文学风格上的雅与俗的分野,以及审美形态上豪放率直与纤浓细腻的并行等。江南情结、江南意象和江南审美形态,这不仅仅是地域文化的体现,其中还混杂着复杂的政治内涵和审美差异。

在目前的史学界,已经出版了两部以江南文人为研究对象的著作,一部是申万里的《理想、尊严与生存挣扎——元代江南士人与社会综合研究》[1],另一部是杨念群的《何处是"江南"?——清朝正统观的确立与士林精神世界的变异》[2]。文学研究著作则有贾继用的《元明之际江南诗人研究》[3]。这些著作的

---

[1] 申万里:《理想、尊严与生存挣扎——元代江南士人与社会综合研究》,中华书局2012年版。
[2] 杨念群:《何处是"江南"?——清朝正统观的确立与士林精神世界的变异》,生活·读书·新知三联书店2010年版。
[3] 贾继用:《元明之际江南诗人研究》,齐鲁书社2013年版。

共同特点是都在民族关系与南北文化对峙的视野中进行江南文人研究。然而,在文学观念史的研究中尚未能见到从这一角度进行切入的成果。其实,自南宋以来,江南越来越成为一个考察文学观念变迁的重要角度,直到近代以来的小说观念的出现,都与江南尤其是上海具有密切的关联。

从自然地理的角度研究地域文化与文学观念之间的关系,更是一个尚未真正展开的学术领域。因为在文学观念研究展开之前,首先需要解决地域文化与地域文学研究的学理性问题,如果此二领域未能在学理上进行认真思考与梳理,势必会影响到文学观念的研究。无论是地域文化、地域文学还是地域文学观念的研究,其实都存在着互为关联的两个侧面:一个是地域之间的差异性或者叫作地域的个性色彩,这往往是许多学者所重点关注的;另一个是地域之间的互动关系或者叫作地域的共同性,而这一点往往是许多学者较少关注而且也是难度较大的一个方面。下面以吴中为例对此进行论述。

从地域研究的角度,如果要进行差异性的研究,就必须有层级的分类概念与比较研究的视野。从南北文化的比较层面,可以将吴中归于江南的地域中;从强调吴中地域色彩的层面,可以将吴中与江浙分为不同的类别;从强调吴中的内部差异的层面，又可以分为更为具体的州县；如果再从更小的层面加以区分，还可以划归为家族。于是，吴中的地域研究根据不同的目的便可分为江南、吴中、属县和家族四个层级。作为地域文化与文学的研究者，他必须清楚自己是在哪个层面所进行的论述，要达到何种目的，然后才能有的放矢地进行有针对性的研究。同样的道理，在面对前人的地域文学论述时，也要弄清楚他是在强调哪一层面的特征，然后才能判断其文献价值。比如，袁宏道的《叙姜、陆二公同适稿》集中论述了吴中文学的状况：

> 苏郡文物，甲于一时，至弘、正间，才艺代出，斌斌称极盛，词林当天下之五。厥后昌谷少变吴歈，元美兄弟继作，高自标誉，务为大声壮语，吴中绮靡之习，因之一变。而剽窃成风，万口一响，诗道寖弱。至于今市贾佣儿，争为讴吟，递相临摹，见人有一语出格，或句法事实非所曾见者，则极诋之为野路诗……故余往在吴，济南一派，极其呵斥，而所赏识，皆吴中前辈诗篇，后生不甚推重者。

高季迪而上无论，有以事功名而诗文清警者，姚少师、徐武功是也。铸辞命意，随所欲言，宁弱无缚者，吴文定、王文恪是也。气高才逸，不就羁绁，诗旷而文者，洞庭蔡羽是也。有为王、李所摈斥，而识见议论，卓有可观，一时文人望之不见其崖际者，武进唐荆川是也。文词虽不甚奥古，然自辟户牖，亦能言所欲言者，昆山归震川是也。半趋时，半学古，立意造词，时出己见者，黄五岳、皇甫百泉是也。画苑书法，精绝一时，诗文之长因之而掩者，沈石田、唐伯虎、祝希哲、文徵仲是也。其他不知名，诗文可观者甚多。

大抵庆、历以前，吴中作诗者，人各为诗；人各为诗，故其病止于靡弱，而不害其为可传。庆、历以后，吴中作诗者，共为一诗；共为一诗，此诗家奴仆也，其可传与否，吾不得而知也。间有一二稍自振拔者，每见彼中人士，皆姗笑之。幼学小生，贬驳先辈尤甚。揆厥所由，徐、王二公实为之俑。然二公才亦高，学亦博，使昌谷不中道夭，元美不中于鳞之毒，所就当不止此。今之为诗者，才既绵薄，学复孤陋，中时论之毒，复深于彼，诗安得不愈卑哉！姜、陆二公，皆吴之东洞庭人，以未染庆、历间习气,故所为倡和诗,大有吴先辈风。意兴所至,随事直书,不独与时矩异,而二公亦自异。虽间有靡弱之病,要不害其可传。夫二公皆吴中不甚知名者,而诗之简质若此。余因感诗道昔时之盛,而今之衰,且叹时诗之流毒深也。[1]

之所以要将此封书信几乎全文引述,是因为它集中代表了袁宏道对于当时吴中诗歌的看法,而且是经过认真思考的长篇之论,并非随兴而起的率意之谈。对于此段文字,可注意的有以下两点:一是作者是站在自我诗学立场上来看待吴中诗学的,也就是说他是站在反复古的角度评述当时吴中文坛的。于是他抓住了徐祯卿和王世贞这两个复古派代表人物进行评说,并认为二人对于吴中文学的剽窃、模拟诗风起到了推波助澜的不良影响。从当时的文坛主流看,他的看法是有道理的。特别是王世贞,在万历前期乃是复古派的主要领袖人物,其影响遍及京城及大江南北地域,吴中文学亦深受其影响是自不待言

---

[1] (明)袁宏道著,钱伯城笺校:《袁宏道集笺校》,上海古籍出版社1981年版,第695—696页。

的。二是作者主要是就吴中文学的共性而言的，在一定程度上忽略了个体的特殊性。他将吴中隆庆、万历之前的诗风概括为"绮靡"，而将其后的诗风概括为"剽窃成风、万口一响"。如果就其主流看，也许有其道理。但从他所举出的吴中先辈看，高启的诗风无论如何是不能用"绮靡"来概括的。况且仅用"绮靡"的简单归纳也不符合其"人各为诗"的判断。至于万历中、后期的诗坛，更是难以用"万口一响"笼统予以褒贬。首先，王世贞本人便有多样性的风格，特别是其晚年倡导"剂"的诗学主张并有偏爱宋诗的倾向。其次，王世贞的影响能否足以改变吴中的所有诗风，有无地域的差异，需要仔细辨析。比如说与王世贞大致同时的王穉登，就显示出不同的诗学倾向。沈德符曾记载说："近年词客寥落，惟王百谷巍然鲁灵光。其诗纤秀，为人所爱，亦间受讥弹。"[1]可见王穉登依然保持着吴中的"绮靡"诗学传统，并受到许多人的青睐。尽管袁宏道对吴中文学的认识存在着上述偏差，但我们依然不应苛责于他，因为他是就吴中主流诗风而言，忽视一些细节是可以理解的。正如袁中道在概括楚地文学特性时说："楚人之文，发

---

[1] （明）沈德符：《万历野获编》，中华书局1959年版，第585页。

挥有余，蕴藉不足。然直摅胸臆处，奇奇怪怪，几与潇湘九派同其吞吐。大丈夫意所欲言，尚患口门狭，手腕迟，而不能尽抒其胸中之奇，安能嗫嗫嚅嚅，如三日新妇为也。不为中行，则为狂狷。效颦学步，是为乡愿耳……楚人之文，不能为文中之中行，而亦必不为文中之乡愿，以真人而为真文。"[1]这也是站在独抒性灵的立场对楚地文学传统的表述，但是楚地文学到底包括哪些地域，有无时代变化，是否均为"发挥有余，蕴藉不足"风格？这些都已不在小修的视野之内。可以说，当研究地域文学的总体特征时，往往会忽略地域内部的局部个性与差异。在江南、吴中、属县与家族这四个层级中，越是向具体的地域倾斜，就越是关注地域的个性差异，而且往往是在相互比较中完成的。

如果进行吴中地域内部的各区域特色的研究，当然会重视其各方面的独特性，这是目前学界的常规做法，毋庸多言。在此需要特别留意的是，在突出其独特性时，往往会有意无意地忽视其地域共性特征。以吴中的嘉定区域研究为例，凡是研究

---

[1] （明）袁中道：《淡成集序》，载（明）袁中道著，钱伯城点校《珂雪斋集》，上海古籍出版社1989年版，第485页。

嘉定地域文化者，几乎均会引述《（万历）嘉定县志》的这段话："嘉定濒海而处，四方宾客、商贾之所不至，民生鲜见外事，犹有淳朴之风焉。其士以读书、谈道、通古今为贤，不独为应世之文而已。缙绅之徒与布衣齿，大家婚嫁耻于论财，朋友死而贫者，为之经纪其丧，抚其遗孤。"[1]于是地理偏僻、民风淳朴、读书好文就成为研究嘉定文化与文学的前提与基调。但如果考察一下嘉定文人的性情爱好与诗文趣尚，似乎又与明中叶的吴中四才子多有相通之处。比如嘉定四先生虽隐居不仕，但又多才多艺，诗文书画兼通。程嘉燧"善画山水，兼工写生，酒阑歌罢，兴酣落笔，尺蹄便面，笔墨飞动"[2]。"长蘅（李流芳）以山水擅长，其写生又有别趣，出入宋、元，逸气飞动。"[3]娄坚"衣冠修然，容止整暇。书法妙天下，风日晴美，笔墨精良，方欣然染翰，不受促迫"[4]。唐时升"诗皆放笔而成，语不加点，用方寸纸杂写如涂鸦，旋即弃去。遇其得意，才情

---

[1] （明）韩浚：《（万历）嘉定县志》卷二，《四库全书存目丛书》第208册，齐鲁书社1997年版，第696页。
[2] （清）钱谦益：《列朝诗集小传》下册，上海古籍出版社1983年版，第576页。
[3] （明）董其昌著，李善强校点：《董其昌全集·容台集·容台别集》，上海书画出版社2013年版，第622页。
[4] （清）钱谦益：《列朝诗集小传》下册，上海古籍出版社1983年版，第581页。

飚发，虽苦吟腐毫之士，无以加也"[1]。如果将嘉定四先生的共性抽取出来，其隐逸市井与兼擅诗画的特性与唐寅等前辈才子几无差别，显示出他们吴中文人的共同追求。由此可知，尽管嘉定地处海滨，但作为吴中一隅依然具有江南文化的特色。其实，嘉定的偏僻与淳朴，乃是相对于苏州之长洲、吴县这些中心区域而言的，如果失去了此一比较视野，将会错误理解嘉定的地域特色。关于此一点，王士禛已经言之甚明："吴自江左以来，号文献渊薮，其人文秀异甲天下，然其俗好要结附丽，以钓名而诡遇，故特立之士亦寡。嘉定，吴之一隅也，其风俗独为近古，其人率崇尚经术、耻为浮薄，有先民之遗。"[2]在"文献渊薮""人文秀异"方面，吴中均有甲天下的美誉，但在"好要结附丽""钓名而诡遇"上，嘉定由于风俗近古而无此"浮薄"之病。我想这就是苏州的核心区与嘉定一隅的差异所在，并由此导致了其士风与诗风的不同。

如果要探讨地域之间的互动关系或者叫作地域的共同性，就必须在各地域之间甚至在主流文学思潮与地域文学观念之间

---

1 （清）钱谦益：《列朝诗集小传》下册，上海古籍出版社1983年版，第580页。
2 （清）王士禛：《〈嘉定四先生集〉序》，载（清）王士禛著，袁世硕主编《王士禛全集》，齐鲁书社2007年版，第1985页。

展开比较研究。在吴中内部区域特色的研究中，必须既关注其各自的独特性，又要留意其区域之间的互动性。比如王世贞曾经是主流文坛的领袖人物，他在吴中地区就不会只在家乡太仓产生影响，而会波及吴中其他区域，包括其邻县嘉定。此一点，黄仁生已经做过考察，可以参看。[1]但受影响后是否会完全同化于复古，则又须做认真考察，因为昆山归有光同样在嘉定影响巨大，还要再加上吴中自身文化传统的影响，问题就会更趋于复杂。在明、清时代的吴中，尽管其交通与信息传播在各区域之间有一定的差异，但无论如何都是处于全国的领先地位。在这样的地域中，要孤立地研究其各自的特色几无可能。再如要研究嘉定区域的文学观念，就要考虑到各种相关的因素，将其综合起来进行考察，才会得出有价值的结论。以程嘉燧的诗学思想为例，钱谦益认为："其为诗主于陶冶性情，耗磨块垒……其诗以唐人为宗，熟精李、杜二家，深悟剽贼比拟之谬。七言今体约而之随州，七言古诗放而之眉山，此其大

---

[1] 参见黄仁生《嘉定派的酝酿过程考论》，载黄霖主编《归有光与嘉定四先生研究》，上海古籍出版社2007年版。

略也。"[1]概括起来说，便是主于性情，反对模拟和唐、宋兼宗。这种诗学观念既和吴中诗学传统密切相关，也与唐宋派的文学思想影响有关，还与公安派诗学思想流行有关，更与嘉定地域以及程嘉燧个人的隐逸情怀有关。如果将程嘉燧与王穉登和陈继儒这两位晚明布衣文人相比，他们均处于吴中及周边地域，同为隐逸文人，因而也具有相近的诗学观念。王穉登为诗也不事模拟，于三唐不名一家，才情绝妙，文采灿然，故而被当时人评为"雅善韵语，洒洒清新"[2]。陈继儒的为诗反对模拟，讲究自由抒写性情，曾说："诗文只要单刀直入，最忌绵密周致。密则神气拘迫，疏则天真烂漫。"[3]从他们三人身上，可以发现一些共同的特点：他们身处经济发达、文化优越的吴中一带，具有广阔的生存空间，可以依靠名人效应与诗文才情挺立文坛，从而具有一定的独立品格；他们作诗都讲究自我才情的展现与个人情趣的抒写，不再追求复古的格调与高华的体貌；他们都诗、文、书、画兼通，追求一种艺术化的人生。正是具备

---

[1] （清）钱谦益：《列朝诗集小传》下册，上海古籍出版社1983年版，第576—577页。

[2] （清）陈田辑撰：《明诗纪事》，上海古籍出版社1993年版，第2121页。

[3] （明）陈继儒：《陈眉公集》卷一四，载顾廷龙主编《续修四库全书》第1380册，上海古籍出版社2002年版，第214页。

了这样的地域文化特征和文学艺术氛围，最终才会形成重视自我才情、重视审美愉悦、重视自然表达的诗学观念。这种观念既不同于复古派的模拟以求高华格调，也不同于竟陵派的孤寒以求幽深，也许在追求性情自然与山水审美方面略近于公安派的独抒性灵，但没有那么强烈的流派意识，而是唐宋诗歌体貌兼备、才情与博学兼顾的综合品格。许多清代诗论家甚至包括一些现代学者认为，钱谦益在评价明代诗学时，有故意抬高程嘉燧以突显其自我地位的私心。其实，只要看一看钱氏本人灵心、世运与学问三位一体的诗学观念，就会明白他自身便是该地域诗文作家与批评家的重要代表之一，也就不难明白他何以会对程嘉燧等嘉定诗人如此地不吝赞美之词，并在明、清之际大力提倡以吴中地域文学观念为主要内涵的诗学主张。在研究近古文学观念时，地域文学的影响是相当重要的一个向度，尤其是东南吴越一带的地域文学影响力更不应被低估。因为自宋代以来中国的经济越来越向东南倾斜，经济的发达必然带来文化的昌盛，而文化的优越感必然导致文人的地域优越感，从而突显其在文坛的位置与发言权。同时必须认识到，经济文化的发达必然带来地域间各种交流的增加，因而孤立封闭的地域格局也不再存在。因此，地域文学观念的研究也就必须采取两种共存互补的方式：地域分层与地域互动的结合。同时又都离不开比较的视野，因为只有在比较中才能既显示其差异，又寻觅出其共识。

上述对与文学观念有密切关系的三种要素的考察尽管是分别进行的，但实际上它们是互为关联的。朝代更替与民族关系构成了近古政治变迁的鲜明特色，而江南地域文化观念也与民族关系互为补充，至于理学与心学的消长演变也与朝代的更替关系紧密。这些文化要素综合起来，构成了近古文学观念的文化语境，深深影响了近古文学观念的内涵与属性。尽管我在谈论此一论题时确曾想到过泰纳关于文学是种族、环境和时代三因素的综合产物，但却不是机械地照搬与模仿，而是符合中国近古以来的历史实情的，故敢于提出来以就教于方家。

（原刊《文艺研究》2015年第6期）

闲逸与沉郁：元明之际两种诗学形态的生成及原因

在元明之际的诗坛，存在着两种截然不同的诗学审美观念。一种主张诗歌应该随时代之变化而变化，作者生逢乱世就应该有变风变雅的声音出现，以针砭现实，指摘时弊。刘基是这方面的代表，其《项伯高诗序》说："言生于心而发为声，诗则其声之成章者也。故世有治乱，而声有哀乐，相随以变，皆出乎自然，非有能强之者。是故春禽之音悦以豫，秋虫之音凄以切；物之无情者然也，而况于人哉！予少时读杜少陵诗，颇怪其多忧愁怨抑之气，而说者谓其遭时之乱，而以其怨恨悲愁发为言辞，乌得而和且乐也！然而闻见异情，犹未能尽喻焉。比五六年来，兵戈迭起，民物凋耗，伤心满目，每一形言，则不自觉其凄怆愤惋，虽欲止之而不可，然后知少陵之发于性情，真不得已，而予所怪者，不异夏虫之疑冰矣。"[1]在此，刘基继承了《诗大序》声与政通的儒家观念，并以唐代著名诗人杜甫作为例证，当然具有足够的说服力。另一种主张则认为，士人虽身处世变但依然应保持自我的人格与操守，即所谓处乱世而不易其节，其诗作仍应有悠然之风度与平和之状态。杨维桢可作为此种观点之代表，其《郭羲仲诗集序》说："翼蚤岁失怙，中年失子，家贫而屡病，宜其言之大号疾呼、有不能自遏者。而予每见其所作，则皆悠然有思，澹然有旨，兴寄高远而意趣深长，读之使人翛然自得，且爽然自失，而于君亲臣子之大义，或时有发焉，未尝不叹其天资有大过人者，而不为世变之所移也。"[2]郭翼，字羲仲，是元末铁崖诗派的主要成员，深得杨维桢好评。他在当时不仅家境贫寒，而且仕途坎

---

[1]（明）刘基著，林家骊点校：《刘基集》，浙江古籍出版社1999年版，第84页。
[2] 李修生主编：《全元文》第41册，江苏古籍出版社1998年版，第247页。

坷，曾上书张士诚而不遇，晚年任县学训导也郁郁不得志。他的诗风很有铁崖体的怪异色彩，杨维桢认为其诗歌风格在李贺、李商隐之间。由于郭翼是其所喜爱的同派成员，杨维桢也许在序文中对其褒扬过多，甚至其所概括的诗风与郭翼的创作实际不完全相符。但在此需要特别注意的是，杨维桢的这种看法代表了当时诗坛的一种重要评诗标准，那就是对于平和、超逸诗风的褒扬，尤其是身处不幸境遇而性情不为所移，更显示出其品格之高洁。刘基与杨维桢无疑都是元明之际诗坛的重量级人物，他们的诗歌主张也都有相当大的诗人群体认同。那么，身处同一时代，何以会有如此差异之大的诗学观念？是因为山林与台阁的地位不同，还是所处的地域不同，抑或受传统的影响不同？如欲厘清其中原因，尚需从元代诗坛整体状况谈起。

一

元末文人蒋易曾经纵论元诗的发展过程说："皇元混一海寓，百年于兹，而诗凡三变。至元以来，若静修刘公、鲁斋许公、牧庵姚公、疏斋卢公所作，熙熙乎，澹澹乎，典实和平，蔼然有贞观、上元气象。至大、皇庆以来,若吴兴赵子昂、浦城杨仲弘、清江范德机、蜀郡虞伯生、豫章揭曼硕诸作,汎汎乎,洋洋乎,雄深雅丽,訇然有开元、大历音韵。壬辰以来,寇盗荐至,士大夫流离颠沛,小民荡析离居,哀怨之音呻吟载路,戚戚乎,恤恤乎,湫乎悠乎,闻之者蹙额,见之者堕泪,变风变雅于是乎作矣。谓文章与时高下,声音与政通,讵不信然!"[1] 蒋易,字师文,自号橘山真逸,建阳人,元末曾入福建左丞阮德柔幕府。在诗学上,他早年师从杜本,可谓学有渊源。成年后又遍游长淮以南,结交当世名士,可谓见多识广。因而他在序文中所概括的元诗发展阶段及特征,应该说具有一定的可信性。从他所描绘、归纳的第三阶段的诗学内涵看,其判断与刘基所言一致,即所谓"变风变雅"的格调,其所据理论也是所谓"声音与政通"的儒家诗学主张,而且也的确合乎易代之际诗学演变的一般情状。但其中还隐含着另外一点值得关注的信息,那就是他所概括的"典实和平"与"雄深雅丽"的前中期诗学特征与杨维桢所言的"悠然有思,淡然有旨,兴寄高远而意趣深长"的诗歌体貌具有一定的内在关联性,起码

---

[1] 李修生主编:《全元文》第48册,江苏古籍出版社1998年版,第132—133页。

在和平、雅正这一点上是有内在一致性的。其实，元代中期的诗学思想也以平和、深长为主旨，其代表人物虞集在《李仲渊诗稿序》中就说："其辞平和而意深长者，大抵皆盛世之音也，其不然者，则其人有大过人，而不系于时者也。"[1]在此，虞集指出了"辞平和而意深长"诗歌体貌产生的两个原因，"于时高下"的"盛世之音"和"其人有大过人，而不系于时"的高尚境界。这种思路似乎已经为元末的杨维桢等预先提供了论说方式。有人曾这样概括元代中期台阁文人的诗学特征："在奎章阁文人群体的创作理念中，'和'是颇为重要的概念，也是较为典型的创作特征。所谓和，内涵丰富，包括情绪的平和、顺遂，气象的冲和、雅正，意境的清和、雍熙，词采的温和、蕴藉，总之，奎章阁文人群体作为馆阁文人为代表的群体，他们试图通过自己的理论和实践引导整个时代文人以'和'为基础去理解并平和看待，甚至中和、缓解社会上因南北文化差异而造成的诧异、冲突、别离、远行等行为和情绪。"[2]在此，奎

---

[1] （元）虞集著，王颋点校：《虞集全集》上册，天津古籍出版社2007年版，第569页。
[2] 邱江宁：《奎章阁文人群体与元代中期文学研究》，人民出版社2013年版，第127页。

章阁文人想通过"和"的氛围营造来化解南北差异所造成的文化冲突的预期，肯定是一种过于理想化的书生之见，因为尽管文化上的影响使得部分蒙古与西域人具有向往汉族文化的倾向，而部分台阁文人也的确对北方风光有奇异之感，但政治上的种族分类与心理上的民族隔阂并不能依靠诗歌完全解决。就元代诗坛的实际情况看，台阁文人所倡导的此种雅正、平和诗风，只不过对汉族诗人，尤其是对江南文人的诗学思想与诗歌创作造成了更为广泛的影响。

这种影响可以通过《皇元风雅》的编选表现出来。《皇元风雅》编选于至元二年（1336），共有前、后集凡十二卷，题为"盱江梅谷傅习说卿采集，儒学学正孙存吾如山编类，奎章学士虞集伯生校选"。虞集在序中说："诗之为教，存乎性情，苟无得于斯，则其道谓之几绝可也。皇元近时作者迭起，庶几风雅之遗无愧骚选。然而朝廷之制作，或不尽传于民间，山林之高风，必不谐于流俗，以咏歌为乐者，固尝病其不备见也。"[1] 编选的原则当然是兼存朝廷与山林之诗，但目的还是要

---

1 （元）虞集：《皇元风雅序》，载杨讷编《元史研究资料汇编》第92册，中华书局2014年版，第201页。

合乎风雅的标准。到了至元三年（1337），建阳人蒋易又编选了三十卷的《皇元风雅》，虞集再次为之作序，其中说："我国家奄有万方，三光五岳之气全，淳古醇厚之风立。异人间出，文物灿然，虽古昔何以加焉？是以好事君子，多所采拾于文章，以为一代之伟观者矣。然而山林之士，或不足以尽见之。"（《国朝风雅序》）[1]其原则依然是要台阁与山林之诗兼顾。蒋易编选《皇元风雅》的行为是否受到傅习和孙存吾的影响不得而知，因为两书成书前后仅差一年，以当时的地理交通状况，可能性实在太小。但有一点可以肯定，那就是均系受到虞集等台阁文人的影响而从事的诗歌普及工作，这从蒋易《皇元风雅集引》可以清楚地看出：

> 易尝辑录当代之诗，见者往往传写，盖亦疲矣。咸愿锓梓，与同志共之。因稍加铨次，择其温柔敦厚，雄深典丽，足以歌咏太平之盛，或意思闲适，辞旨冲澹，足以消融贪鄙之心，或讽刺怨诽而不过于谲，或清新俊逸而不流

---

[1] （元）虞集著，王颋点校：《虞集全集》上册，天津古籍出版社2007年版，第489页。

于靡，可以兴，可以戒者，然后存之。盖一约之于义礼之中而不失性情之正，庶乎观风俗、考政治者或有取焉。是集上自公卿大夫，下逮山林闾巷布韦之士，言之善者靡所不录，故题之曰《皇元风雅》。[1]

蒋易的观点集中代表了元代台阁诗论的思想主旨与广泛影响，其要点有二：第一点是以山林与台阁分类的论诗模式，而且他认为这两类诗歌既是有分别的——温柔敦厚、雄深典丽之台阁与意思闲适、辞旨冲澹之山林，同时又是一致的——均合乎"或讽刺怨诽而不过于谲，或清新俊逸而不流于靡"的中和原则，此一点显然是受到虞集等台阁诗人论诗主张的影响，是台阁诗观向山林诗坛的扩散与渗透。第二点乃是山林与台阁诗学观念的共同思想基础——理学的影响，即所谓"一约之于义理之中而不失性情之正"。乐而不淫、哀而不伤的中和观念当然是从汉代《诗大序》以来儒家一直强调的诗学传统，但"约之于义理"则是宋代理学家的新提法。

---

[1] 李修生主编：《全元文》第48册，江苏古籍出版社1998年版，第134页。

关于理学与元代诗文的关系，前人已有过许多论述。[1]对此表述最为直接的是元代台阁作家黄溍，他在《顺斋文集序》中认为，国子监博士蒲道源之所以能够将文章写得精粹如良金美玉，"不俟锻炼雕琢，而光辉发越"，就是因为他能够"以性理之学施于台阁之文"。[2]尽管这还是传统儒家有德者必有言的老话头，但经过宋儒的引申发挥之后，还是增加了新的内涵，其中对于圣贤气象的追求尤堪瞩目。程颐曾称赞程颢说："先生资禀既异，而充养有道：纯粹如精金，温润如良玉；宽而有制，和而不流；忠诚贯于金石，孝弟通于神明。视其色，其接物也，如春阳之温；听其言，其入人也，如时雨之润。胸怀洞然，彻视无间；测其蕴，则浩乎若沧溟之无际；极其德，美言盖不足以形容。"[3]这种表述就并非一般的有德与得道的抽象说明，而是一种言行、一种精神、一种人格、一种境界，总起来说就是所谓的"圣人气象"，它表现为宽阔的胸襟、从容的风度、独立的品格、暖人的情怀。这种气象将道与义理熔铸成一

---

1 参见查洪德《理学背景下的元代文论与诗文》，中华书局2005年版。
2 （元）黄溍著，王颋点校：《黄溍全集》，天津古籍出版社2008年版，第257页。
3 （宋）程颐：《明道先生行状》，载（宋）程颢、程颐著，王孝鱼点校《二程集》第二册，中华书局1981年版，第637页。

种整体的风貌，带有鲜明的形象感与审美的意味。从黄溍对于蒲道源"良金美玉"与"光辉发越"的赞语里，不难品味出他对宋儒圣贤气象的认可与继承。如果说元代的台阁文人在"行道"过程中难以有什么作为的话，那么他们对于"守道"的山林之文倒是能够造成顺理成章的影响。因为无论是山林之士还是台阁之士，在坚持儒家理想与文人品格方面都是高度一致的，则其对圣人气象的追求又可以是不谋而合的。由此，回过头来再看蒋易所说的"温柔敦厚""意思闲适""辞旨冲澹"这些特征，无不可以与圣人气象联系起来。戴良对此可谓心领神会，他在为丁鹤年辑录的《皇元风雅》所作序文中说，"其格调固拟诸汉唐，理趣固资诸宋氏"，所以才能做到"语其为体，固有山林、馆阁之不同，然皆本之性情之正，基之德泽之深，流风遗俗，班班而在"[1]。也就是说，无论台阁还是山林，尽管其诗体类型存在差异，但"理趣资诸宋氏"则又是完全一致的。抽出"理趣"这一范畴来概括元代台阁诗学思想对于山林诗歌的浸染，也许是最为恰当的表述。

---

1 （元）戴良：《皇元风雅序》，载（元）戴良著，李军、施贤明校点《戴良集》，吉林文史出版社2009年版，第349页。

二

虞集、蒋易与戴良都指出了台阁之诗对于山林之诗在理趣方面的影响，或者说台阁与山林之诗共同受到宋人理趣的影响，这究竟是一厢情愿的理想，还是元代文学的历史事实？应该说，当一种占据主导地位的诗歌体貌和审美形态一旦形成之后，就会形成历史的惯性，不断对诗坛施加影响，从而构成创作的思维习惯与批评的流行话语。这不仅有上述杨维桢的看法佐证，连超然世外的隐逸画家与诗人倪瓒也会以此种观念评诗论诗，其《谢仲野诗序》曰：

> 《诗》亡而为《骚》，至汉为五言。吟咏得性情之正者，其惟渊明乎？韦、柳冲淡萧散，皆得陶之旨趣。下此则王摩诘矣，何则？富丽穷苦之词易工，幽深闲远之语难造。至若李、杜、韩、苏，固已烜赫焜煌，出入今古，逾前而绝后，校其情性，有正始之遗风，则间然矣。延陵谢君仲野，居乱世而有怡愉之色，隐居教授以乐其志。家无瓶粟，歌诗不为愁苦无聊之言。染翰吐词，必以陶、韦为

准则。己酉春,携所赋诗百首,示余于空谷无足音之地。余为讽咏永日。饭瓦釜之粥縻,曝茅檐之初日,怡然不知有甲兵之尘,形骸之累也。余疑仲野为有道者,非欤?其得于义熙者多矣。[1]

倪瓒在此具有独特的论诗角度,他尽管不否认王维、李白、杜甫、韩愈、苏轼这些一流诗人"逾前而绝后"的诗歌成就,但以性情之正的标准来衡量,显然他们与倪瓒的诗学理想存有差距。倪瓒认为在古今诗人中,"吟咏得性情之正者"唯有陶渊明一人。其好友谢仲野之所以能够"居乱世而有怡愉之色",超越"家无瓶粟"的"形骸之累",从而做到"歌诗不为愁苦无聊之言",其中原因就是"必以陶、韦为准则",这个准则当然不仅仅是诗体的模仿,而是坚守"性情之正"的品格。在诗序的结尾,倪瓒意味深长地说,自己推测谢仲野为"有道者",而有道的内涵就是"其得于义熙者多矣"。"义熙"乃东晋安帝司马德宗之年号,据载陶渊明在东晋灭亡后写诗不书年号而仅书甲子,表达自己隐居而不仕新朝之志。后来诗人多以

---

[1] (元)倪瓒著,江兴祐点校:《清閟阁集》,西泠印社出版社2010年版,第313页。

"义熙"比喻隐居以保持气节之高洁。该序文中有"己酉"的纪年，实乃洪武二年。倪瓒所言之"得于义熙者多矣"显然是指谢仲野隐居不仕新朝之意，同时此种只书甲子的笔法也表达了作者本人的思想、情感倾向。当然，此处的"性情之正"并不限于不仕朱明王朝，元明易代之际，还有战乱、贫穷等因素，作为一个诗人要能够忍于饥寒而不为物欲所诱是需要定力的。

倪瓒作于癸丑年（洪武六年，1373）的《拙逸斋诗稿序》可以作为此说的补充与旁证。该文也说："诗必有谓，而不徒作吟咏，得乎性情之正，斯为善矣。"他认为，其好友周正道之诗可谓得性情之正，其根据乃是："兵兴三十余年，生民之涂炭，士君子之流离困苦，有不可胜言者，循致至正十五年丁酉（1355），高邮张氏乃来据吴，人心惶惶，日以困粹。正道甫自壮至其老，遇事而兴感，因诗以纪事，得杂体诗凡若干首。不为缛丽之语，不费镂刻之工，词若浅易而寄兴深远。虽志浮识浅之士读之，莫不有恻怛、羞恶、是非之心，仁义油然而作也。"[1] 从诗歌体貌上讲，依然是"词若浅易而寄兴深

---

[1]（元）倪瓒著，江兴祐点校：《清閟阁集》，西泠印社出版社2010年版，第312页。

远"的平和、闲远，但因为有了儒者关注民生的情怀，于是乎才能够"遇事而兴感，因诗以纪事"，从而具备"仁义油然而作"的感发人心的效果。这就叫"吟咏性情之正"，就像倪瓒赞美另一位隐逸诗人陈惟允的诗作那样："读之悠然深远，有舒平和畅之气，虽触事感怀，不为迫切愤激之语。"(《秋水轩诗序》)[1]这种情怀既是元代山林之士坚守道义的必然反映，当然也与元代主流诗坛长期流行的"约之以义理"的诗学传统具有密切的关联。可以说，在元明之际的隐逸诗人群体中，超然的情怀与闲逸的诗风只是他们诗学内涵的一个方面，其骨子里依然深藏着民胞物与的仁人之心。

然而，在元明之际这样一个动荡多变的时代里，用一种诗学思想来概括所有诗人是很危险的。由于元代政治环境相对散漫，思想比较多元，文人们具有复杂的思想与多样的人生选择乃是必然的结果。对于元明之际的文人来说，受到理学观念的影响而又不限于理学一元的格局，乃是他们区别于宋人与明人的显著特征。比如说，他们虽有守道的品格却又缺乏政治的责任感，长期的边缘化生存状态孕育出他们的旁观者心态，从而

---

[1]（元）倪瓒著，江兴祐点校:《清閟阁集》，西泠印社出版社2010年版，第312页。

使他们更关注自我人生价值的实现，秉持快适的生活态度，而流行的佛教、道教观念又造成了他们更为超越的情怀与人生的空幻感等，于是就有了以行乐、快活为目的的玉山雅集，有了反映世俗情调的竹枝词创作和香艳诗风的流行。就倪瓒本人而言，其思想不是单单一个理学所能概括的。他既赞美周正道等人的儒者品格，同时又欣赏具有浓厚老庄思想的逸人蔡质的人生观：

> 人世等过客，天地一蘧庐耳。吾观昔之富贵利达者，其绮衣玉食、朱户翠箔，转瞬化为荒烟，荡为冷风，其骨未寒，其子若孙已号寒啼饥于途矣。生死穷达之境，利害毁誉之场，其自拘者观之，盖有不胜悲者；自其达者观之，殆不直一笑也。何则？此身亦非吾之所有，况身外事哉？庄周氏之达生死、齐物我，是游乎物之外者，岂以一芥蒂于胸中？庄周，我所师也。宁为喜昼悲夜，贪荣无衰哉！(《蘧庐诗并序》)[1]

---

1 （元）倪瓒著，江兴祐点校：《清閟阁集》，西泠印社出版社2010年版，第48页。

在此，这位蓬庐子蔡质明确提出了超越生死、物我的庄周达观人生追求，人的生死穷达、利害毁誉，都不过像自然的昼夜循环一样，是每个人都要面对的。面对广阔无垠的宇宙，每个人都是匆匆过客。如果纠结于现实的利害得失、贪生畏死，那么就会产生无穷的悲伤、焦虑，摆脱现实的牵挂而达到齐物我、等生死的超然境界，才会更为轻松自由地度过一生。不惧死乃是为了更轻松地活，轻得失乃是为了更重视自我生命的价值，这是庄子的本意，也是道家思想的精髓。蓬庐子理解这些，倪瓒明白这些，因为听过此段话后，倪瓒说："予尝友其人，而今闻其言也如此，盖可嘉也。"随后赋诗一首曰："天地一蓬庐，生死犹旦暮。奈何世中人，逐逐不返顾。此身非我有，易晞等朝露。世短谋则长，嗟哉劳调度。彼云财斯聚，我以道为富。坐知天下旷，视我不出户。荣公且行歌，带索何必恶。"(《蓬庐诗并序》)[1] 在诗中，倪瓒不仅复述了蓬庐子的齐物我思想，而且发挥了庄子生也有涯而知也无涯的珍惜生命的忠告，还强调了列子及时行乐的观念。"荣公且行歌，带索何必

---

1 （元）倪瓒著，江兴祐点校：《清閟阁集》，西泠印社出版社2010年版，第48—49页。

恶"之句用了《列子·天瑞》中"荣启期行乎郕之野,鹿裘带索,鼓琴而歌"的典故。孔子问荣启期何以乐,荣启期回答说:"贫者士之常也,死者人之终也,处常得终,当何忧哉?"[1]后来,荣启期成为隐逸高士的典型。六朝陆云《荣启期赞》曰:"荣启期者,周时人也。值衰世之季末,当王道颓凌,遂隐居穷处,遗物求己。撊怀玄妙之门,求意希微之域。天子不得而臣,诸侯不得而友。行年九十,被裘鼓琴而歌。"[2]可知,此一典故中隐含有身处末世不愿臣服王侯而自适其乐之意。

倪瓒的确是元明之际的高人,他观大势而预知天下将乱,散家财而遨游江湖;知张士诚庸碌不可为,遂避之而不参与其事;待大明立朝之后,亦隐居以写诗作画而度余生。正是有了这种超然的胸襟,方能成就其通达的人格与诗文书画的逸品。同时人谢应芳有诗曰:"诗中有画画中诗,辋川先生伯仲之。襟怀不着一事恼,姓名只恐多人知。竹箨裁冠晨沐发,莲蓬洗砚晚临池。数年同饮吴江水,明月清风有所思。"[3]倪瓒的诗画

---

[1] 杨伯峻:《列子集释》,中华书局1979年版,第23页。
[2] (清)严可均编:《全上古三代秦汉三国六朝文》,中华书局1958年版,第2055页。
[3] (元)谢应芳:《寄倪元镇》,载(元)倪瓒著,江兴祐点校《清閟阁集》"附录",西泠印社出版社2010年版,第388—389页。

的确为元人诗画中的精品,言其襟怀高洁亦名副其实。但将他与王维相提并论,也许谢应芳认为是抬举倪瓒,但若论人与画皆入逸品,王维怕是有所不及。后来的布衣诗人王穉登倒是与之惺惺相惜,评价比较到位:"会元社将易,海内逐鹿者四起,先生恐怀璧为罪,尽散家财,避之三泖五湖,不及于难。此其高又类鸱夷子皮。今世最重先生画,次重其诗,又次乃重其人,是人以诗掩,诗以画掩,世所最重者特先生末技耳。先生诗风调闲逸,材情秀朗,若秋河曳天,春霞染岫,望若可采,就若可餐,而终不可求之于声色景象之间。虽虞、杨、范、揭诸公登词坛执牛耳,非不称盟主矣,然比于先生,犹垂棘夜光之视水碧金膏也。"[1]依照王穉登的看法,倪瓒的诗画成就之所以能够进入逸品,首先是他超越世俗的人品境界和开放的心胸眼光,从而使之摆脱凡庸的俗务,凝神于艺术的创造,终于达到了艺术的最高水平。"闲逸"不仅仅是倪瓒一人的诗品与画品,同样也是王蒙、吴镇、黄公望等人的诗画风格。由于这些人都不在当时诗坛占有主导地位,所以他们的文学成就易被后

---

[1] (明)王穉登:《清閟阁遗稿序》,载(元)倪瓒著,江兴祐点校《清閟阁集》"附录",西泠印社出版社2010年版,第446—447页。

人忽视。但王穉登指出，这类山林隐逸高士的艺术水平，其实是超过虞集、杨载、范梈与揭傒斯等所谓的元诗"四大家"的。也许王穉登有偏爱自己同乡前辈与布衣文人身份的成分在内，对倪瓒做出了过高的褒扬。因为从对元代诗坛影响的角度，这些隐逸文人的确无法望元诗"四大家"之项背。但从诗画作品的水准与境界上加以衡量，任何台阁作家与作品都无法与"逸品"相提并论。元明之际的闲逸审美观念，其实是由理学境界、庄禅意识与隐逸情怀所建构的一种诗学形态，而文人在元代因为长期政治边缘化而导致的疏离现实的旁观者心态则是其基础与前提。

三

当然，台阁文学的理论与创作在元明之际也发生了明显的变化，这就是变风变雅观念的提出。其实，由于台阁文人与山林之士同受理学影响，因而他们的诗学观念在许多方面是可以相通的，并共同构成了元代文学的基本特征。比如刘基所评价的项伯高，就是一位山林隐逸之士，其诗歌体貌也是典型的平和、闲适：

项君与予生同郡，而年少长。观其诗，则冲澹而和平，逍遥而闲暇，似有乐而无忧者，何耶？呜呼！当项君作诗时，王泽旁流，海岳奠义，项君虽不用于世，而得以放意林泉，耕田钓水，无所维系。于此时也，发为言词，又乌得而不和且乐也？夫以项君之文学，而不得扬历台阁，黼黻太平，此人情所不足也。而项君不然，抱志处幽，甘寂寞而无怨。项君亦贤矣哉。贤不获用世，而亦不果于忘世，吾又不知项君近日所作，复能不凄怆愤惋而长为和平闲暇乎否也？感极而思，故序而问之。(《项伯高诗序》)[1]

在刘基看来，冲澹、和平的闲适诗风并非不可理解，也并非没有价值，而且这种诗风恰恰体现了项伯高人品的高尚和胸襟的开阔，尽管他具有过人的文学才能，本应该进入朝廷台阁以黼黻太平，却并没有得到应有的机会，按照人之常情，他应该有所不满甚至怨愤，但他却能够处寂寞而无怨，是一位处穷困而不改其乐的贤达之士，这是元代主流诗坛颇为认可的诗人

---

[1] (明)刘基著，林家骊点校:《刘基集》，浙江古籍出版社1999年版，第85页。

品格。但刘基同时又认为，真正的贤者可以不为世用，但不能忘却世事，面对民物凋耗、伤心满目的现实，一位具有仁者情怀的儒士能够无动于衷吗？还能像以前那样"不凄怆愤惋而长为和平闲暇"吗？在刘基眼中，闲适的前提是世道太平，如果世道大乱，当然只能凄怆愤惋了。而且还不能仅止于凄怆愤惋，一个有正义感的诗人还必须有针砭现实的勇气。他读王冕的诗，就发现其具有此种鲜明特点："盖直而不绞，质而不俚，豪而不诞，奇而不怪，博而不滥，有忠君爱民之情，去恶拔邪之志，恳恳恓恓，见于词意之表。"于是就大为敬佩。当有人用"时贵自适"的理由对此表示质疑时，他便义正词严地指出："变风、变雅，大抵多于论刺，至有直指其事、斥其人而明言者，《节南山》《十月之交》之类是也。使其有讪上之嫌，仲尼不当存之以为训。后世之论去取，乃不以圣人为轨范，而自私以为好恶，难可与言诗矣。"(《王原章诗集序》)[1] 刘基在此搬出孔子和《诗经》作为变风变雅诗风存在的依据，当然是具有充分的权威性与说服力的。刘基本人也身体力行，不仅在理论上论说透辟，而且在创作上积极实践。钱谦益论其元

---

1 （明）刘基著，林家骊点校:《刘基集》，浙江古籍出版社1999年版，第81页。

末诗作曰："公负命世之才，丁胡元之季，沉沦下僚，筹策龃龉，哀时愤世，几欲草野自屏。然其在幕府，与石抹艰危共事，遇知己，效驱驰，作为歌诗，魁垒顿挫，使读者偾张兴起，如欲奋臂出其间者。"[1] 因此，无论是理论批评还是诗歌创作，刘基均可以作为元明之际沉郁诗学形态的典型代表。

不过，论对元明之际文坛影响之大者，则应数余阙。余阙，字廷心，元统元年（1333）进士，与李祁、刘基同科。余阙在元末之所以重要，有三个原因值得关注：首先，他是河西唐兀氏，属于色目人，而且是汉化程度极高的色目人；其次，他属于真正的台阁文人，曾任翰林院修撰，参与辽、金、元三史的编撰，后官至江浙行省参政；最后，他在安庆孤军与陈友谅军抗拒多年，城破后力战不支，引颈自刎，成为当时慷慨就义的气节之士的代表，其影响之大，时人莫能与之相比。更重要的是，他在当时与文坛上许多重要文人交往密切，前辈中有黄溍、揭傒斯、贡师泰、危素，同代人则有汪广洋、郭奎、宋濂、戴良等。据有人考证，汉族文人前后从学于余阙者达

---

[1] （清）钱谦益撰集，许逸民、林淑敏点校：《列朝诗集》，中华书局2007年版，第87页。

九人之多[1]，这在当时蒙古色目官员中颇为少见。从现存的余阙诗文看，其文章平实、畅达，重在应用与实效，诗歌则自然、含蓄，有汉魏古诗之风貌。故四库馆臣所撰《青阳集》提要曰："阙以文学致身，于五经皆有传注，篆隶亦精致可传。而力障东南，与许远、张巡后先争烈。故集中所著皆有关当世安危……其诗以汉魏为宗，优柔沈涵，于元人中别为一格。"[2]从元代诗文的整体情况看，余阙所崇尚的质朴实用的文章观理论价值有限，其诗歌创作也难以发现更多的一流作品。但从色目文人的角度看，无论是他对儒家经典的把握，还是其书法的造诣以及诗文的写作水平，均可以跻身元代台阁作家群体之行列而毫不逊色。其中最可贵的乃是其求真求实的创作态度，余阙的集子中很少有像中期台阁作家的那种溢美之词与官样文章。比如其《贡泰父文集序》，自始至终强调自己与贡泰父如何具有"迂"的性格而与世不合，并发感叹说："夫以士之贤无所遇而淹于下僚，宜其悲愤无聊而不能尽也，顾乃自树卓卓，以其余力而致勤于文学，且其貌充然，非其中有所负，盖不能

---

[1] 参见邱强《唐兀氏诗人余阙的授徒及其影响》，《浙江社会科学》2010年第6期。
[2] （清）永瑢等撰：《四库全书总目》，中华书局1965年版，第1447页。

尔。"[1]从理论内涵上看，大致未能超出韩愈不平则鸣的范围，但从易代之际变风变雅的文学思潮的角度看，余阙可谓率先提出并在创作上予以实践的。其《书合鲁易之作〈颍川老翁歌〉后》，也显示出鲜明的求真观念。合鲁易之即色目人廼贤，他所作的长篇歌行《颍川老翁歌》记述了颍川因大旱所引起的百姓之种种不幸，不仅对比了"黄堂太守足宴寝，鞭扑百姓穷膏脂"与"一家十口不三日，稿束席卷埋荒陂"的官民对立，而且描写了盗匪横行、官府无能的荒唐场景。[2]余阙为该诗作跋曰："至正四年，河南北大饥。明年，又疫，民之死者半。朝廷尝议鬻爵以赈之，江淮富民应命者甚众，凡得钞十余万锭，粟称是。会夏小稔，赈事遂已。然民罹此大困，田莱尽荒，蒿藜没人，狐兔之迹满道。时予为御史，行河南北，请以富民所入钱粟贷民，具牛、种以耕，丰年则收其本，不报。览易之之诗，追忆往事，为之恻然。八年三月，翰林待制武威余阙志。"[3]其实，廼贤的诗比较温柔、委婉，因为他特意叙述了朝

---

1 李修生主编：《全元文》第49册，江苏古籍出版社1998年版，第134页。
2 （元）廼贤：《颍川老翁歌》，载杨镰主编《全元诗》第48册，中华书局2013年版，第30页。
3 李修生主编：《全元文》第49册，江苏古籍出版社1998年版，第143页。

廷"遣官巡行勤抚慰,赈粟给币苏民疲"的赈灾举措,但余阙则补充道,朝廷通过"鬻爵"得来的钱粮并未给到百姓手中,而且他的贷款济民的建议也以"不报"了之。可以说,余阙的文章才真正是秉笔直书,没有给昏庸的朝廷留下丝毫的情面。在元明之际的台阁文学的演进中,可以说经过了颂美朝廷、追求真实和讽刺揭露这样三个阶段,余阙则属于强调真实的重要作家,因此,他对于台阁文风的改造无疑起到了不小的助推作用。至正二十六年(1366),余阙的弟子戴良借用贡师泰的话对其作出如此评价:"公之行,不愧乎董、贾;公之忠烈,不让乎张、许;其文章,可以踵班、马而继韩、欧。"[1]对其诗文如此定位是否恰当暂且不论,但起码说明了余阙在当时人心目中的地位与影响。从此一角度说,余阙构成了元明之际台阁文学思想变异的开端。

　　以余阙、刘基为代表的元末关注现实、直陈事实的文学观念,是由一个庞大的文人群体尤其是诗人群体所实践的。诸如台阁文人贡师泰、李祁、李士瞻,曾经归附方国珍的文人刘仁

---

1 (元)戴良:《余麟公手帖后题》,载(元)戴良著,李军、施贤明校点《戴良集》,吉林文史出版社2009年版,第248页。

本，依附张士诚的陈基，始终追随元朝廷的陈高，隐居不出的诗人王冕、周霆震以及入明后的遗民诗人戴良、王逢、丁鹤年、郭钰等，他们均能写出慷慨激昂、沉郁顿挫的诗歌作品，追求一种内容充实、风格刚健的诗歌体貌。元明之际的文人张端曾在《北郭集序》里对此做出了精确的概括："盛世之士，其言也雍容；世之乱也，其言也悲伤。呜呼！是孰使之然哉？若如心者，不遇于时，不偶于世，感叹悲哀之辞，见诸短章大篇中，浑涵汗澜而有流连光景之思。呜呼！可悲也已。使吾如心得时行志，而为治世之音，被之乐章，荐登清庙，当不啻是集之铺张而已也。"[1]从雍容、平和的台阁之文到感叹悲哀的乱世之文，这是时代不同所决定的，无论作者情愿与否，都必然会发生如此变易。关于此一点，明初遗民舒頔讲得很清楚："古人于诗，凡忧思、愉逸、悲伤、愁叹、怨愤、郁悒、怀感、恐惧，不平于中，必形诸歌咏，所以宣其和，泄其思，成其音者也。"(《跋汪杏山北游诗集》)[2]舒頔，字道源，号天台山人、华阳隐者等，安徽绩溪人，元末曾任台州路儒学学正。台州被方国珍占据后，舒頔遂归隐故里。明初亦拒绝征聘，隐居以

---

[1] 李修生主编：《全元文》第56册，江苏古籍出版社1998年版，第296页。
[2] 李修生主编：《全元文》第52册，江苏古籍出版社1998年版，第230页。

终，名所居为"贞素斋"以明其志，学者称贞素先生，有《贞素斋文集》。他的《贞素斋自序》是对其一生行迹与易代之际诗文创作情状的最典型的概括：

> 予蚤岁浪游湖海间，所作益多，求其合于体者盖寡。因其寡而尝致极思焉。自壬辰寇变，家藏谱画书籍与所作旧稿荡然无遗。虽居离乱中，艰难险阻，千情万状，独于诗未尝忘情，复盈数帙，自题曰《古澹》《华阳稿》《贞素斋文集》，不过纪其所历所见为异时话柄。四五年间，妖孽未除，兵革未息，出处未宁，东奔西窜，又复零落。当饥寒郁悒不堪于怀，发而为哀怨愤切之语，关于民风，系于世事，概见于辞。虽无匡救之直，而忠爱之意惓惓然一饭不忘，然则《三百篇》不作，则治乱风刺之义不几于息乎？予之所作虽未合于体，契于道，或者有关于时，设未尽善，尚俟夫后之知音者订正云。洪武辛亥冬十月六日华阳逸者舒頔道源甫序。[1]

---

1 （元）舒頔：《贞素斋自序》，载杨讷编《元史研究资料汇编》第65册，中华书局2014年版，第55—56页。

"壬辰"为元顺帝至正十二年,"辛亥"为洪武四年,舒頔的自序总结了他本人这二十年的诗歌创作情况,其主旨乃是突出了易代之际较为典型的诗史意识,从作者的主观角度,是抒写了其自我"哀怨愤切"之情,其目的在于寄托"治乱讽刺"之意;从客观的角度,是"关于民风,系于世事",由此可以达到观其"时"的效果。作者在序文中对于自己诗作的评价尤堪注意:"予所作虽未合于体,契于道,或者有关于时。"所谓"未合于体",当然是指元代诗坛所流行的和平、典雅诗风;所谓未"契于道",当然是指不合乎儒家传统的"乐而不淫,哀而不伤"的诗道标准;所谓"或者有关于时",乃是自杜甫以来所倡导的诗史追求,即通过诗歌的写作来记录那个时代的方方面面。这可能没有达到正统诗学观念尽善尽美的标准,但是从其惓惓"忠爱之意"和可以观风俗之盛衰的实际效果来看,他显然已经认为自己完成了一个诗人的职责。舒頔可能没有意识到,如果不是身处易代之际,他如何可能突破台阁诗风的限制,创作出沉郁顿挫的诗作,从而改变元代诗坛的平浅诗风?正如宋元之际的方回所说:"诗之音安以乐,吾侪之所愿也,不得已而至于哀以思,岂诗人之所愿哉?盖成败兴替,天也,而人不能无情。"[1]舒頔从其真情出发,抒写了那个时代,当然是位合格诗人,并成为那一时期沉郁诗风的代表。

如果从诗学自身来看,很难区分闲适与沉郁两种形态的优劣。身处乱世而依然淡定自如地从事纯美的诗意抒写,诚为难以达到的人生境界;而身随世变以同情的笔调关注民生之不幸,书写时代之真实并抒发自我凄怆、愤懑之情感,也与诗圣杜甫的情怀息息相通。后人可以从不同的立场、不同的价值取向予以评说褒贬,但从审美形态看,却是都拥有自身独特的审美价值的。然而,如果从诗歌发展史的角度看,则是由于元明的朝代变迁带来了诗歌审美倾向的改变,从而既突破了台阁文学颂美朝廷的儒家诗学审美形态,又催生出超然物外的审美追求,以至为这个不幸的时代增添了些许亮色。其实,早在清人赵翼"国家不幸诗家幸,赋到沧桑句便工"[2]的诗句里,已经深深体味到易代之际所给予诗歌创作的土壤与环境。

---

1 (元)方回:《送罗架阁弘道并序》,载杨镰主编《全元诗》第6册,中华书局2013年版,第86页。
2 (清)赵翼:《题遗山诗》,载姚奠中主编,李正民增订《元好问全集》(增订本)"附录",山西古籍出版社2004年版,第1295页。

四

在一个政局混乱、思想松动的易代之际，文坛呈现出一种发散性的多元状态，因而诗学的审美形态当然不会仅仅由闲适与沉郁所构成。当时还有以高启为代表的奔放、飘逸的吴中文人诗风流行于诗坛，更有以娱乐为宗旨、以竞技为方式而活跃于诗坛的各种文人雅集，还有以抒写男女之情为内容、以清新流利为风格而风靡诗坛的竹枝词创作，这些都是当时不可忽视的诗学现象。当然，更多的诗人与诗作由于战火与贫穷的原因，没有流传下来而消失在历史的尘雾中。比如有一批狂放的诗人诗作，在元末曾一度成为诗坛的一道景观。危素《桧亭集序》所记之丁姓文人，元末是曾与杨载、范梈齐名的著名作家，但因遭遇战乱而浮沉里巷，"逢山僧逸民，得酒辄饮。醉则作为歌诗，引笔即就，高情藻思，间见横发。君既以此寓其所乐，久之散落，无复收拾"[1]。谢肃《薛处士行状》中所记之薛姓文人，元末科举不得志，遂隐于乡里，"喜饮酒，或独酌或会宾客，醉则朗咏古诗文以自适，于文辞肆笔而成，不事

---

[1] 李修生主编：《全元文》第48册，江苏古籍出版社1998年版，第249页。

缀缉。于为诗豪壮激烈，无世俗卑弱气，然稿就辄弃之"[1]。刘嵩的《杨君公平墓铭》中所记之杨姓文人，在战乱中"布衣芒屏，独行悲吟"，途中遭遇乱兵，"君独负其孙麟与为文一帙以逃，追及之。君愤愤不能平，取其文列置口中，含嚼之不能既，则尽投之，而抱孙以赴水"[2]。有的甚至连名字都没有留下，刘嵩曾记载一位逢掖生曰："逢掖生者，北郭奇士也。当承平时，尝从乡先生习举子业，数就试不偶，遂弃去，游谈诸公间，咸为之倾动。遭世乱，稍解纵绳检，自放于酒，生事一不介意，日与其徒剧饮东西家。既醉，招摇而归，即闭户酣寝，或造焉，辄瞋目大诟曰：'吾乃不知有吾身，何有公等也。'竟不答。感时触事，郁不得故，时时操翰引觚，咏述事物，陈摧古今，兼体风谣，绰有思致，然罕以示人，故人亦莫得见也。"刘嵩称赞他说："始攻苦学明经，何拘拘也，及时绌志放乃不可絷束，如奔鲸逸骥然，又何伟也。"(《逢掖生传》)[3] 在一个动荡的时代，既可以产生许多悲惨与不幸，也可以催生各种各样新奇的思想与狂放的诗文，这乃是易代之际文学思想

---

1 （明）谢肃：《密庵集》卷八，文渊阁《四库全书》本。
2 李修生主编：《全元文》第57册，江苏古籍出版社1998年版，第619页。
3 李修生主编：《全元文》第57册，江苏古籍出版社1998年版，第296页。

研究的特色之一。遗憾的是，大多数的诗人与作品都已经难以再现世间，使得后人无法复原当时的历史。但是这依然可以构成一种历史的氛围，使今人在理解像杨维桢、张孟兼以及高启等人的诗文作品与文学思想时，感受到他们思想的基础与历史的必然。清人吴伟业在论及杨维桢、袁凯时，曾不无感叹地说："吾吴诗人，以元末为最盛。其在云间者，莫如杨廉夫、袁海叟……此两人者，皆高世逸群、旷达不羁之士也。古来诗人自负其才，往往纵情于倡乐，放意于山水，淋漓潦倒，汗漫而不收，此其中必有大不得已，愤懑勃郁，决焉自放，以至于此也。"最后总结说："君子论其世，未尝不悲其志焉。"[1] 尽管吴伟业作为易代之际的文人，话语中或许寄托了他本人的许多难言之隐，但是对于那些易代文人多一些将心比心的同情之理解，应该是一种可取的研究态度。

（原刊《文艺研究》2019年第9期）

---

1 （清）吴伟业：《宋辕生诗序》，载（清）吴伟业著，李学颖集评标校《吴梅村全集》，上海古籍出版社1990年版，第686页。

《耕渔轩诗卷》的文本形态、话题指向与诗学意义

徐达左(1333—1395),字良夫,又作良辅,号耕渔子、松云道人,平江人。对于其耕渔轩诗学活动,学界在研究元明之际的文学史,尤其是研究玉山雅集与清閟阁雅集时,常有提及,然而集中研究耕渔轩本身的成果却寥寥无几。[1]究其原因,

---

[1] 目前这方面的研究成果仅有祝军《〈金兰集〉考论》(《河南社会科学》2011年第6期)、王媛《元明之际耕渔轩文艺活动考论》[《阴山学刊(社会科学版)》2013年第2期]、王露《〈金兰集〉研究》(硕士学位论文,山西大学,2018年)、王露《耕渔轩唱和诗歌写作时间考证》(《汉字文化》2018年第2期)。

大致有两个方面：一是主要作家徐达左存留作品及相关文献相对较少，无法展开深入、系统的研究；二是《金兰集》所存作品涉及诗学理论较少，且创作内容较为单一，无法掘发有深度的诗学内涵。但我想还存在着另外的学术盲区，现有研究仅仅将其作为文人雅集的文献予以处理，显然未能触及其文本所体现的真正价值，从而也缺乏对那一时代文坛状况的真切认知。

一、《耕渔轩诗卷》文本形态的独特属性

学界一般将耕渔轩诗学活动比照玉山雅集之模式，称为"耕渔轩雅集"，其实并不准确。记载耕渔轩诗学活动的文献，目前有《耕渔轩诗卷》与《金兰集》两种。许多学者均将其视为同一类文献不同累积阶段的产物，比如有人便称《元人徐氏耕渔轩卷》"是《金兰集》结集之前的'样稿'"[1]，此种认识过于笼统。在元明之际诗坛上，诗卷与总集乃是性质完全不同的两类文献。诗卷一般由当时名人题端、画家所绘画面与文人

---

1 （明）徐达左辑录，杨镰、张颐青整理：《金兰集》"前言"，中华书局2013年版，第4页。

所题诗文等要素构成，除《耕渔轩诗卷》外，当时其他著名诗卷还有很多，仅朱存理《铁网珊瑚》所收便有《春草堂诗卷》《贞寿堂诗卷》《听雨楼诗卷》《破窗风雨诗卷》《秀野轩诗卷》《安分轩诗卷》《植芳堂诗卷》《崔氏友竹轩卷》等，此类诗卷后来均未能进一步形成诗集，当然不能说是所谓的"样稿"。诗卷所题之诗往往针对同一画面、同一景象或同一话题而表达各自理解，很少有溢出画面之外者。《耕渔轩诗卷》即文人针对耕渔轩画面所题诗文，并非一时之作，显非文人雅集性质。《金兰集》则辑录与徐达左本人往来的相关诗作，其中就包括四次诗歌唱和之作。若研究耕渔轩雅集，则须依据《金兰集》而非《耕渔轩诗卷》，这是首先要区分清楚的。

现存记载《耕渔轩诗卷》的文献，主要有朱存理《铁网珊瑚》、赵琦美《铁网珊瑚》与卞永誉《式古堂书画汇考》等书籍，其中差异主要是赵氏《铁网珊瑚》前有《倪云林耕渔轩图》，其他则没有；赵氏《铁网珊瑚》缺西涧翁与坚白叟二人题诗；另外还有个别人名出入。[1]综合三家所载，该诗卷除倪

---

1 比如朱存理《铁网珊瑚》载有题诗作者"三山王机"，卞永誉《式古堂书画汇考》则作"三山王禋"，据考，实为"王禋"，"机"乃笔误。参见（明）朱存理集录，韩进、朱春峰校证《铁网珊瑚校证》，广陵书社2012年版，第611页；（清）卞永誉纂辑《式古堂书画汇考》，浙江人民美术出版社2019年版，第897页。

瓒图画外，共有高巽志《耕渔轩记》、杨基《耕渔轩说》、唐肃《耕渔轩铭》、包大同《耕渔轩铭》、王行《耕渔轩诗序》与道衍《耕渔轩诗后序》6篇文，倪瓒（二首）、周砥、隆山（虞堪）、张纬、陈惟寅（陈汝秩）、高启、张羽、徐贲（二首）、王隅、刘天锡、仇机（沙大用）、王禋、西涧翁（苏大年）、坚白叟（周伯琦）、陈宗义、余诠16人18首诗。

仔细分析该诗卷的作者构成，会发现诸多值得深究的问题。首先是某些著名平江文人并未出现在诗卷中。比如饶介、陈基、谢节、张经、陈汝言、顾瑛等，均为玉山雅集常客或当时文坛名宿，却未现身诗卷。最奇怪的是王禋，乃元代高官王都中的孙辈。王都中官至江浙省参知政事，深受朝廷信任，由于其父功劳，被世祖皇帝赐田八千亩于平江，并定居于此。他共有八位子嗣，其中长子王畛（字季野）、第三子王畦（字季耕）和第五子王㽦（字季境），均在诗画上颇有造诣与名气。另有七位孙辈，王禋年龄最小。[1] 为何王禋叔父辈无缘在耕渔轩诗卷题诗，而偏偏孙辈王禋却跻身其中，颇值得探究。不过

---

1 王都中及其子孙辈情况参见黄溍《正奉大夫江浙等处行中书省参知政事王公墓志铭》。[（元）黄溍著，王颋点校：《黄溍集》第三册，浙江古籍出版社2013年版，第740—745页]

王稌确有诗才雅趣[1]，故能名列诗卷。

其次是对某些身份特殊文人做了淡化处理，包括周伯琦（1298—1369）、朱德润（1294—1365）和苏大年（1296—1364）。这三位文人元末均曾入仕翰林，在文坛享有盛名，晚年又皆寓居平江。周伯琦，字伯温，号玉雪坡真逸，江西鄱阳人。至正间曾任翰林修撰，后奉命招降张士诚，被留平江十余年。史书载其"仪观温雅，粹然如玉，遭时多艰而善于自保，博学工文章，尤以篆隶真草擅名当时"[2]。朱德润，字泽民，号睢阳山人，平江人。元代著名画家，元末曾任国史院编修，官至征东儒学提举，晚年隐于吴中。其山水画当时颇负盛名，倪瓒有诗赞曰："朱君诗画今称绝，片纸断缣人宝藏。小笔松岩聊尔尔，道宁格律晚堂堂。"[3] 苏大年，字昌龄，号西坡，又号西涧，真定人，后居扬州。元末任翰林编修，"天下乱，寓姑

---

[1] 台北"故宫博物院"所藏王蒙《谷口春耕图轴》，有王稌题诗曰："满眼荆溪入画图，数椽茅屋倚苍梧。秫田二顷躬耕处，坐石看山酒旋沽。"署名"三山王稌"，并有"王仲明"印章。知其与王蒙亦有交往，并具诗才。
[2]（明）王鏊：《姑苏志》卷三四，《天一阁藏明代方志选刊续编》第14册，上海书店出版社2014年版，第789页。
[3]（元）倪瓒：《题朱泽民小景》，载（元）倪瓒著，江兴祐点校《清閟阁集》，西泠印社出版社2010年版，第268页。

苏，为文有气"[1]。他诗书画俱佳，名气颇大，孙作《杞鞠轩记》曰："赵郡苏先生避地吴中，士大夫争走其门，因辟轩以延客，环艺杞鞠。"[2] 无论是官位、才气还是名声，此三人均为元末吴中名流，许多文人雅集场合均有其身影。比如周景安建秀野轩，便由周伯琦题匾，朱德润作画并题记。奇怪的是，朱德润亦曾为耕渔轩作画，并有赠徐达左诗作，却未现身耕渔轩诗卷，诗卷用的是隐士倪瓒的画与诗。[3] 诗卷尽管收有周伯琦与苏大年题诗，却未请周伯琦题端，而且二人诗作分别用了"坚白叟""西涧翁"的别号，显然是一种淡化处理。

最后是关于张雨与诗卷的关系，最难理解。就目前所见文献而言，署名张雨的《耕渔轩》是所有耕渔轩诗中创作时间最早者，其诗曰："幽人薄世荣，耕渔夙所喜。朝耘西华田，暮

---

[1] （明）朱存理集录，韩进、朱春峰校证：《铁网珊瑚校证》，广陵书社2012年版，第580页。
[2] 陈高华编著：《元代画家史料汇编》，杭州出版社2004年版，第638页。
[3] 朱德润曾为耕渔轩作画，有倪瓒《题朱泽民为良夫作耕渔轩图》为证："寂寂溪山面碧湖，轻舟烟雨钓菰蒲。晓耕岩际看云起，夕偃林间到日晡。汉书自可挂牛角，阮杖何妨挑酒壶。江稻西风鲈鲙美，依依蓐食待樵苏。"[（元）倪瓒著，江兴祐点校：《清閟阁集》，西泠印社出版社2010年版，第199页] 又朱德润曾有《题云山图》与《题雪夜读书图赠良夫》，后收入《金兰集》中，却没有题耕渔轩的诗作。朱德润逝世于至正二十五年（1365），而道衍《耕渔轩诗后序》也作于本年，知朱德润的图与诗均作于此前。

钓洞庭水。浮湛干戈际,无誉亦无毁。酿秫云翻瓮,鲙鱼雪飞几。客来具杯酌,客去味经史。缅怀清渭滨,何如鹿门里。往者不复见,斯人亦云已。努力勤所业,庶免素餐耻。"[1]诗中所写与徐达左之隐居目的、生活情调若合符契,而且此诗也在诗卷之中,但署名却是"荆南山樵者张纬"[2]。张纬,字德机,元末著名诗画家,与倪瓒、徐达左皆为挚友。如果作者确系张雨,以徐达左与其关系的亲密程度,断不至错归之张纬,故而该诗之著作权暂归张纬。不过《金兰集》中还录有张雨另一首《寄山中隐者》的七言律诗。张雨卒于至正十年(1350),则此诗可另证二事:一是耕渔轩之建成时间应在至正十年之前,徐达左邀约众人为其题咏集中于至正二十年(1360)前后,此时该轩已建成十余年;二是诗中所写内容属于徐达左乐于个人隐居而不是群体雅集,如"山中高士眼如漆,落落意气非常群""明日城南一相见,依然归去卧松云"[3],都透露出超脱闲散之情趣。或许这是耕渔轩建成虽较早,却并未造成像玉山雅集那样轰动效应的原因。

---

[1] (元)张雨撰,吴迪点校:《张雨集》,浙江人民美术出版社2013年版,第99页。
[2] (清)卞永誉纂辑:《式古堂书画汇考》,浙江人民美术出版社2019年版,第896页。
[3] (明)徐达左辑录,杨镰、张颐青整理:《金兰集》,中华书局2013年版,第119页。

以上三点似乎零散而缺乏关联，若加深思则会发现，均展现了徐达左辑录耕渔轩诗卷的低调倾向。他有意隔断与元朝廷官员及张吴政权中权贵的来往，显示全身远害而深隐不显的良苦用心。他低调处理与台阁名宿之间的关系，亦为晦迹低调心态之体现。他与张雨的关系则显示出其隐居生活的内敛与闲散，透露出耕渔轩何以能够在元末明初的战火乱局中始终巍然不倒的原因。

二、"儒隐"内涵的多元解读

从《耕渔轩诗卷》内容看，尽管作者颇为复杂，包括吴中好友、文坛前辈、流寓文人甚至流落江南的少数民族作家[1]，但

---

1 杨镰曾说："积极参与徐达左耕渔轩唱和者，蒙古、色目人（西域人）有沙大用（沙可学）、马肃、钮安、包大同等。"[（明）徐达左辑录，杨镰、张颐青整理：《金兰集》"前言"，中华书局2013年版，第2页] 杨镰又在《全元诗》仉机沙小传里说："仉机沙，字大用。西域回回。汉语名为沙大用。"（杨镰主编：《全元诗》第52册，中华书局2013年版，第120页）马明达、陈彩云《元代回回人沙可学考》（《回族研究》2008年第4期）则引元末僧人释来复在沙可学所作《奉题定水见心禅师天香室》诗前题注"哈珊沙，字可学，西域人。至正壬午年拜住榜登进士第，枢密院都事"，知沙大用又名哈珊沙。元代汉族学者在汉译蒙古及西域人名时多为音译，故有诸多不同译名。至于杨镰所言马肃、钮安与包大同等人的民族归属与身份，则缺乏更多材料支撑，或许是根据其命名习惯作的推测。

话题指向则颇为明确,那便是对"儒隐"的内涵、性质、目的与状态的集中描绘、评述,文主要用以叙事、议论,而诗则主要用来颂美与抒发感想。

该诗卷有各体文共六篇。高巽志《耕渔轩记》被置于首位,自然最为重要。他采用了颇为独特的主客对话模式,先从士、农、工、商的行业属性起笔,然后收归至士之属性,"学成于己,行孚于人,其大而用天下,小而为天下用","苟得其位","发于事业","万钟之禄不足为其富,百里之封不足为其贵"。然而,"弗际可为之时,固不能行其道。弗得大有为之君,亦不能成其功。是以豪杰奇伟之士,有潜身于农者,寄迹于工商者,宁藏器而有待,殁世而不悔。噫,岂特士之不幸哉"。这是从正、反两方面来总论士之不同遭遇,为下文议论做好铺垫,随后方从容引出主客对话:

> 吴人徐君良辅,世家笠泽之陂,慕学,无所不读。凡往古之成败污隆,人物之是非得失,莫不周知而有要,愈扣而不穷。其为人平易以坦夷,尊贤而好礼,弗矫激以干名,弗囗(苟)偷以趋利。予得而友之。一日造予曰:"不肖生居山泽,躬耕以具箪食,无所仰给于人。遭时义

宁，野无螟螣之灾，乡无枹鼓之警，官无发召之役。获于田而观黍稷之敛穧，缗于水而遂鳝鲔之涪湛。而又暇日，挟册以学，思古人之微，以适其适。吾于是充然而有余，嚣然而自得，怡然以尽夫修年，而无所觊觎矣。因名居室曰'耕渔'，所以寓吾志也。敢求文以为记。"予闻叹曰："士之抱朴蕴贤，固不欲自售于世，亦不可遗世而弗顾也。苟振耀一时，而事业不足以堪之，又不若独善而食其力也。以君之才而所志如此，抑岂有待而然与。"盖士必有待，然后能有所立，何独徐君也哉。是为记。至正二十一年夏五月，河南高巽志谨书。[1]

可见，该文陈述了主客双方对于隐逸的不同认知。依高巽志之意，徐达左之隐于耕渔，乃"有待"之为，在其看来，既然徐达左所学内容为"往古之成败污隆，人物之是非得失"，自应入仕以行道，成就一番事业。如今的隐居选择，无非是等待机遇之来临。徐达左本人则认为："挟册以学，思古人之微，以适其适。吾于是充然而有余，嚣然而自得，怡然以尽夫

---

[1]（清）卞永誉纂辑：《式古堂书画汇考》，浙江人民美术出版社2019年版，第894页。

修年，而无所觊觎矣。"其核心在于"自适其适""无所觊觎"。高巽志则坚信："盖士必有待，然后能有所立。"存在如此理解差异，自然与二人出身及人生信念密切相关。徐达左乃隐逸家族。高巽志虽生卒年已不可考，但名列当时以高启为首的平江"北郭十友"中，自然是年龄相近的青年才俊。钱谦益《列朝诗集小传》载："逊志，字士敏，河南人。元末侨寓嘉兴，徙吴门，受业于贡师泰、周伯琦、郑元祐。"[1]入明后曾任侍读学士、太常右少卿等职，靖难之役后下落不可考。这些信息尚难以显示其在元末文坛的影响，据徐一夔《师友集序》，高巽志之父元末为浙东宣慰司都事，与周伯琦、贡师泰、危素等台阁文人交往密切，故而高巽志才有机会从其学文并受其夸赞推奖。高巽志亦曾编过一本《师友集》，"稡其师与友赠遗唱酬之文与诗也"[2]。就在其撰写《耕渔轩记》的同一年，他还编成了自己的诗文集《辛丑集》，被高启誉为"有春容温厚之辞，无枯槁险薄之态"[3]。高巽志拥有如此仕宦家世、文坛众名宿推奖，

---

1 （清）钱谦益：《列朝诗集小传》上册，上海古籍出版社1983年版，第97页。
2 （明）徐一夔：《师友集序》，载（明）徐一夔撰，徐永恩点校《徐一夔集》，浙江古籍出版社2017年版，第305页。
3 （明）高启：《题高士敏辛丑集后》，载（明）高启著，金檀辑注，徐澄宇、沈北宗校点《高青丘集》下册，上海古籍出版社1985年版，第925页。

加之年轻气盛，他虽因政局混乱而一时难觅进取机会，但隐以待时显然是其此时应有的心态，故与徐达左决心归隐的志向拉开了距离。此种对隐逸理解的差异，不仅使高巽志《耕渔轩记》形成一种开放性结构，也成为整个《耕渔轩诗卷》的主调：众人认为徐达左乃隐而"有待"，徐达左则自称隐"以适其适"。对话体的好处即在于可以各自陈述看法与主张，而将选择权留给读者。

杨基（1326—1378后）《耕渔轩说》显然受到高巽志《耕渔轩记》影响，他同样设置了化名"穹隆山牧"与"耕渔子"的对话。穹隆山牧将耕渔概括为三种类型："羲农之耕渔，所以教天下；虞舜之耕渔，所以化天下；伊尹、吕望之耕渔，所以待天下。"后世之隐自然难以与羲农、虞舜之圣王相提并论，而将耕渔子之行为归结为"逃兵革，避乱祸，或耘于高，或钓于深，以待天下之清"的伊尹、吕望之隐。耕渔子则反问道："子饮牛而行，饭牛而歌，岂所谓箕山巢许之俦欤？南山扣角之俦欤？否则乘蒲鞯、挂《汉书》，徘徊而相羊者欤？"结果是"牧者不答，策牛而去"[1]，留下一个余音袅袅的结尾。杨基

1　（清）卞永誉纂辑：《式古堂书画汇考》，浙江人民美术出版社2019年版，第894—895页。

此时虽仅三十余岁，但已经历诸多人生波折，"著书十万余言，名曰'论鉴'。试仪曹不利。会天下乱，归隐于吴之赤山。张士诚时辟为丞相府记室，未几辞去。又客饶介所"[1]。他在至正二十年左右撰写该文时，正处于半仕半隐状态，对于徐达左之隐居选择有更为深入的体验，其"以待天下之清"的"待"与高巽志"士必有待"仍存在明显差异。杨基之"待"是要等待天下太平，高巽志则是藏身以待机会。对于这些猜测，徐达左全都采取回避态度。

到了唐肃（1318—1371）与包大同的铭文，已不再纠缠于隐居动机问题，而是就其效果落笔。唐肃铭文曰："朝华其宫，莫或易而翁；昨鼎而食，今或窊其髂。勿舍予田，勿忘予筌，于以老吾轩。"[2]祸福总相依、富贵常难保，本是历史的常态，但真正能够见几而作、未雨绸缪者却寥寥无几。据钱谦益记载，唐肃"至正己亥，中浙江乡试，授黄冈书院山长。乙巳，转嘉兴儒学正"[3]。此种山长、学正之类的低级职位是最能

---

1 （明）王鏊：《姑苏志》卷三四，《天一阁藏明代方志选刊续编》第14册，上海书店出版社2014年版，第436页。
2 （清）卞永誉纂辑：《式古堂书画汇考》，浙江人民美术出版社2019年版，第895页。
3 （清）钱谦益：《列朝诗集小传》上册，上海古籍出版社1983年版，第113页。

体会官场之变幻无常的，更何况处于至正后期诸方豪强混战之时，他是否真能到位履职都是疑问。因此，在唐肃看来，还是徐达左隐于耕渔是上策。包大同的铭文不仅是对唐肃铭文的深化，还提出了"道"的核心概念："安乎其庐，载耕载渔，或以鄙子之迂。澹乎其荣，载渔载耕，或以薄子之行。孰鄙孰薄，耕渔自乐，将以乐乎丘壑。君子乌乎，予以宁其处若吾子者，志于道而已。尔世孰知其为龙蛇为尺蠖也耶？"[1] 隐于耕渔，乐于丘壑，不计一己之荣辱，不顾世人之鄙视，是因为耕渔子有"志于道"的高远追求，那些凡夫俗子如何能够通晓龙蛇之藏与尺蠖之屈的妙理。由此，便从高巽志、杨基的仕隐之辩转向"志于道"的探讨。王行（1331—1395）《耕渔轩诗序》对此作了进一步引申："盖耕渔野人之事耳，以野人之事而得咏歌于大夫士者，其必有道矣。吾意其耕也足以养其家，渔也足以奉其亲。在堂有余欢，在室有余乐，混迹于乡人之涂，致意于哲人之言，而存心于圣人之道也。大夫士求之于内而嘉其志于道，故时而称扬之。"在王行看来，徐达左的"志于道"分两个层面：一是"在堂有余欢，在室有余乐"的养家奉亲之乐；

---

[1] （清）卞永誉纂辑：《式古堂书画汇考》，浙江人民美术出版社2019年版，第895页。

二是"致意于哲人之言，而存心于圣人之道"的高远境界。然而，王行在此并未言及"道"之内涵，而是在结尾处引用孔子"以友辅仁"的格言，以回应高巽志的发端之文，断言"今其友有高君焉，高君多文而好学，良辅既得而友之，必不至于怠也"[1]。此言当然不错，后来徐达左便是以此意命名其《金兰集》的，可惜此处乃针对高巽志而发，偏离了对"致意于哲人之言，而存心于圣人之道"内涵的阐发。

其实，最能说明徐达左"志于道"内涵的并非此类序、记、铭文，而是其好友倪瓒的题画诗："邓山之下，其水舒舒。林庐田圃，君子攸居。载耕载渔，爰读我书。唐虞缅邈，怆矣其悲。栖迟衡门，聊得我娱。敬慎诚笃，德冈三二。四勿是克，三益来萃。彼溺于利，我以吾义。彼弃懦顽，我以仁智。匪今之同，惟古是嗜。虚徐逍遥，隐约斯世。"诗前有小序曰："予既为良夫友契作耕渔图，复为之诗。"[2] 可知该诗乃专门为咏其图而作，是对画面寓意的揭示。倪瓒对徐达左隐居耕渔行为的概括，显然超越了普通友人的认知。他对"虚徐消摇，隐约

---

[1]（清）卞永誉纂辑：《式古堂书画汇考》，浙江人民美术出版社2019年版，第896页。
[2]（清）卞永誉纂辑：《式古堂书画汇考》，浙江人民美术出版社2019年版，第896页。

斯世"的理解，除文人必备的诗酒山水外，更包括研读经史的"爱读我书"、期盼唐虞盛世的高远理想、"敬慎诚笃"的高尚品德、"四勿是克，三益来萃"的道德检束、"彼溺于利，我以吾义"的君子小人之辩以及"彼弃懦顽，我以仁智"的明智选择。"儒隐"品格乃是徐达左区别于顾瑛、倪瓒以及许多元明之际隐逸文人的明显标志，更是他能够与此二人鼎足而三的主要原因。关于此一点，徐达左师从过的邵光祖的题诗表述得更为清楚："贱事宁我志，其如时命何。非耽田野乐，为养性情和。把钓遂安适，躬耕且咏歌。嘉苗无助长，止水讵容波。晚饭炊菰米，烟蓑挂薜萝。此中有真理，不独首阳阿。"[1] 从外在行为看，"把钓遂安适，躬耕且咏歌"，"晚饭炊菰米，烟蓑挂薜萝"，的确与一般隐逸之士无明显差别，但其隐居"非耽田野乐"，而是"为养性情和"，所以"嘉苗无助长，止水讵容波"便非自然景色之描绘，而是理学静心修为、从容涵养之举。由此，"此中有真理，不独首阳阿"的表述，不仅明确将其与不食周粟的伯夷、叔齐等狂狷之士区别开来，也与"悠然见南山"的陶渊明拉开距离。尽管"真意"与"真理"仅一字

---

[1] （明）徐达左辑录，杨镰、张颐青整理：《金兰集》，中华书局2013年版，第2页。

之差，却将玄学与理学的底色差异和盘托出。倪瓒、邵光祖与徐达左亦友亦师，这使其能更为深刻地了解徐达左的为学品格与内心世界，从而相当清楚地指明耕渔轩隐居的真实意向。

对徐达左为人处世了解的深浅不同，决定了不同作者对其耕渔隐居的认知差异。这或许仅为问题之一面，另一面是：身处张士诚治下的士人，倘若要安然生活、独善其身，须在行文时故意掩饰其拒仕而隐的行为。高启曾在《娄江吟稿序》中采用此种笔法，说身处天下崩离多事之秋，"孰不愿出于其间，以应上之所需，而用己之所能"，遗憾的是，"余生是时，实无其才，虽欲自奋，譬如人无坚车良马，而欲适千里之涂，不亦难欤！故窃伏于娄江之滨，以自安其陋"[1]。整篇诗序，毫不涉及诗学问题，却反复论说自己的无能及无用，其小心翼翼以自解的心态显露无遗。道衍《耕渔轩诗后序》采取了大致相近的行文方式，围绕着求乐自适的主旨展开，一入笔便感叹其闲居无聊，"求志相得语相合者尤甚，常郁郁不自乐"，由此引出徐达左的自我介绍与求诗序之请："某家太湖之滨，读祖父之书，

---

[1] （明）高启著，金檀辑注，徐澄宇、沈北宗校点：《高青丘集》下册，上海古籍出版社1985年版，第893页。

亲耕渔之业，不求知于人，不谋庸于世。乐乎其心恒犹有余，忖乎其己每若不及。既饫其实，又燠其裳，故吾适其适而不外之也。"并言"将求子文以序其后，子弗吾拒也"。他强调了自己隐居的两个目的：对外"不求知于人，不谋庸于世"，对内自"适其适"。道衍通观诗卷诸作后，以众人之誉肯定其贤德："吾友数君子，学广而识明，行高而德厚，树期业如古先贤，凡毁誉人一弗妄，人得其言亦弗易也。今良辅交其人而得其言，予以见良辅之贤信不虚矣。"通过夸赞诗卷中众位友人之贤明，烘托徐达左之"贤"德，一笔双写。随后笔锋一转，方言归正传。倘若论及志趣相投，享受隐居自适之乐，唯有自己堪与徐达左相配。因为"数君子或出于仕途，或羁于异方，或处于城郭，虽欲适良辅之居，叙耕渔之乐，不可得也"。唯有自己此一浮屠闲人，"愿从荷锄于町畦之间，听鸣榔于烟波之上，倦则休于轩，醒而歌，醉而卧，或倚于床，或枕于股，冥然出于万物之表者。良辅非我，其谁与俱乎"[1]。道衍序文无论从对话结构的设置还是余音缭绕的结尾看，均充满诗意的表

---

[1] （清）卞永誉纂辑：《式古堂书画汇考》，浙江人民美术出版社2019年版，第898页。

达,突出了徐达左高远闲适的志趣、性情相投的快乐以及诗情画意的人生,乃是对隐居状态与效果的审美化书写。有了该序,有关《耕渔轩诗卷》的讨论才算完整。因为全身远祸是精心的算计、待时而动是功名的谋划、志道修德是伦理的检束,尽管这些对于元末"儒隐"来说,皆为不可或缺之重要元素,但缺少了性情的陶冶与适意的快乐,便是僵硬刻板的说教,从而遮蔽了"儒隐"丰富的历史内涵与现场效果。后来明人徐有贞赞誉徐达左说:"当胜国之季,更运之初,士大夫能自善以终其身者,难矣。而良夫独龙蛇其间,从容去就,不激不污,卒以不屈,声名俱全,不亦哲哉。至考其学术行义之实,盖庶乎所谓君子儒者。"[1] 说徐达左"声名俱全"当然是历史事实,说他是"君子儒"自然也没错,但说他所有的选择均系"龙蛇其间"的"哲"人之举,仿佛一切都经由谋划而尽在掌控之中,则非但是倒看历史的后见之明,更属于榨干历史多样性的抽象概括。

---

[1] (明)徐达左辑录,杨镰、张颐青整理:《金兰集》,中华书局2013年版,第22页。

三、《耕渔轩诗卷》的诗学内涵与意义

从诗学角度讲,道衍对徐达左隐居行为的诗意描绘或许更为重要,因为在《耕渔轩诗卷》中,诗才是主体,文不过是对诗与画寓意的揭示而已。除了道衍的《耕渔轩诗后序》,其他几篇序、说、铭文几乎没有讨论任何诗学话题,但这并不意味着该诗卷缺乏诗学品格与意义。事实上,对徐达左隐居生活的诗歌书写本身便充满诗意。诗卷初次结集的16人所题18首诗作中,周砥之作从总体上描绘了其隐居状态:

凤存迈往志,结茅依山泽。不辞沮溺劳,更慕濠梁逸。既耕亦以钓,四体欣暂息。新稼登场丘,嘉鱼荐晨夕。蒸尝无足患,喜复留我客。野田荒烟翳,平湖微景寂。开檐睇孤云,窅然无遗迹。缅怀高世士,何尝异今夕。识达理自周,情恬虑非易。念子属纷纠,抗俗愿有适。束带趋城府,愧予尚促戚。百年诚草草,会当谢兹役。[1]

---

1 (清)卞永誉纂辑:《式古堂书画汇考》,浙江人民美术出版社2019年版,第896页。

周砥（1324—1363）是玉山雅集与北郭雅集的常客[1]，《姑苏志》载其生平曰："周砥，字履道，吴人，号匊溜生。博学攻诗，豪放自好。尝寓居无锡，转徙宜兴之荆溪，与马治孝常者穷山水之胜，著《荆溪唱和集》。晚归吴中，复与高、杨诸人结社。兵兴，去客会稽，竟死于兵。砥效坡书甚工，亦工画山水。"[2] 在以高启为首的北郭文人群体中，周砥属于年龄稍长者，自然也较受尊重，故而其题诗仅在倪瓒之后，位列第二。他此时大约正在张氏政权中担任记室之类的低级文官，故而有暇厕身耕渔轩题诗者行列。这首五言古诗是对徐达左耕渔隐居的全面叙写。首六句总写其隐居自适之志，"沮溺"代指其耕于山，"濠梁"隐含其渔于泽，并有人鱼相得之乐。接着引出主题"既耕亦以钓，四体欣暂息"，随后四句写耕渔生活：新稼登场为耕之收获、嘉鱼之享为钓之结果、献祭无忧见孝道无缺、留客而饮显友朋之乐，可谓"儒隐"生涯之再现。再后四句为耕渔环境之勾画，荒烟笼罩，平湖幽静，抬头观云，窅然无际，一派自然和乐景象，这些应是对倪瓒所绘画面之描绘，

---

1 周砥生卒年参见汤志波《元代周砥考辨》，《中国典籍与文化》2011年第4期。
2 （明）王鏊：《姑苏志》卷三四，《天一阁藏明代方志选刊续编》第14册，上海书店出版社2014年版，第641页。

乃题画诗之常规笔法。此后四句乃联想，只要见识高超而通达天理，便可获"情恬"之意趣，古今皆然，何尝有异！最后六句归结于自我感叹：身处如此纷争混乱时代，实在羡慕您这超越世俗的快适生活，可惜我依然忙碌奔走于官衙之中，人生短暂，希望及早卸掉这官场俗务，隐于山水中。全诗对徐达左耕渔生涯叙述完整，层次井然，有叙事、有写景、有赞慕、有感叹，可谓用心之作。尽管这仅是周砥的一时感慨，隐逸并非其现实选择，他依然在官场奔波，并最终在会稽"死于兵"，但高启在《荆南唱和集后序》中依然对其诗赞赏有加："读其诗者，见其居穷谷而无怨尤之辞，处乱世而有贞厉之志。"[1] 由此也就不难明白，周砥何以能够参与耕渔轩题诗并写出如此诗作。倪瓒四言长诗与周砥长篇五古奠定了《耕渔轩诗卷》的基本内容与话题范围，随后14人的作品在书写方式与意义指向上大致可分为三类。

一是对徐达左隐居之举与高人形象的称赞与向往，如周砥、虞堪、陈惟寅、仇机、王禋、苏大年、周伯琦、余诠等人

---

[1] （明）高启：《荆南唱和集后序》，载（明）高启著，金檀辑注，徐澄宇、沈北宗校点《高青丘集》下册，上海古籍出版社1985年版，第878页。

诗作。此类题诗一般均将徐达左隐居喻之为汉人徐穉，如云"出处不惭徐孺子，文华能敌马相如"（沙大用）[1]，"千古清风仰高节，南州孺子彼何人"（苏大年）[2]，"试问虎丘山下客，当时箕颖（颍）果何如"（周伯琦）[3]。按，徐穉，字孺子，东汉名士，世称南州高士，曾屡次被朝廷及地方官征召，但终其一生隐于乡里而未仕，被后人誉为淡泊明志的隐逸典型。余诠题诗云：

朝耕邓山云，暮钓具区雪。兹焉寄幽悰，孰云事高洁。石田虽跷确，贡赋岁不缺。烟波空浩荡，踪迹讵能灭。矧非沮溺俦，畎亩耰不辍。宁同羊裘子，翩翩与世绝。林庐颇深幽，门巷寡车辙。暇日肆微勤，追踪古先哲。素志谅不违，余生自怡悦。[4]

作者认为，徐达左的隐于耕渔并无借隐居以邀名之动机，

---

1 （清）卞永誉纂辑：《式古堂书画汇考》，浙江人民美术出版社2019年版，第897页。
2 （清）卞永誉纂辑：《式古堂书画汇考》，浙江人民美术出版社2019年版，第897页。
3 （清）卞永誉纂辑：《式古堂书画汇考》，浙江人民美术出版社2019年版，第897页。
4 （清）卞永誉纂辑：《式古堂书画汇考》，浙江人民美术出版社2019年版，第898页。

他尽管在邓尉山过着耕渔生涯，却不同于长沮、桀溺或者严光之类与世隔绝的高人隐士，他并非以隐居博取高洁虚名。其耕渔山泽完全是为了追求一种幽静、安宁的环境，从而满足自我"怡悦"之志。此乃为友人之隐居行为作淡泊明志的善意说明，刻画出一位心态宁静、志向高远的"儒隐"形象。与徐稺等传统儒士相比，徐达左形象中渗透着浓厚的修身、齐家色彩。比如张纬之诗以"浮沉干戈际，无誉亦无毁"为主旨，写其忘怀世事、心地超然，与传统隐士如出一辙，所以才会说"缅怀清渭滨，何如鹿门里"，即不必以自我之清高显世俗之污浊。但徐达左之隐居自有其独特的内涵，既有"酿秫云翻瓮，鲙鱼雪飞几"的饮食之乐，更有"客来具杯酌，客去味经史"的儒学修为，客去客来一任自然，既不像顾瑛那般盛情相邀而共聚求乐，又不像倪瓒那样高标自傲而鄙视世俗。其经史之乐、自我修为与家族教育的生活内容，绝不比朋友间的杯酌之欢分量轻，此乃徐达左隐居之真实写照，更是元末"儒隐"的时代特色。

二是对耕渔轩优美景色与人生情调的诗意描绘，如徐贲、陈惟寅、倪瓒、陈宗义等人诗作。倪瓒诗曰："溪水东西合，山家高下居。琴书忘产业，踪迹隐樵渔。积雨客留宿，新晴人趁墟。厌喧来洗耳，清沚绕前除。"[1] 首二句写实，谓东西皆有溪水环绕，隐逸居舍随山势高低参差而立。倪瓒既到过耕渔轩，又系为自己画作题诗，自然精练而准确。后六句抒发自

---

[1] （清）卞永誉纂辑：《式古堂书画汇考》，浙江人民美术出版社2019年版，第897页。关于倪瓒此诗的写作时间，文献记载存在较大差异。张丑《清河书画舫》[（明）张丑撰，徐德明校点，上海古籍出版社2011年版，第560页] 及倪瓒《清閟阁集》[（元）倪瓒著，江兴祐点校，西泠印社出版社2010年版，第83页] 所录该诗前均有小序曰："仆来轩中，自七日至此，凡四日矣。风雨乍晴，神情开朗，又与耕云、耕渔笑言娱乐，如行玉山中，文采自足照映人也。喜而赋此诗。"黄苗子、郝家林编著《倪瓒年谱》（人民美术出版社2009年版，第142页）据此将该诗作时定为洪武六年（1373）。但此诗早已出现在元末《耕渔轩诗卷》上，《式古堂书画汇考》[（清）卞永誉纂辑，浙江人民美术出版社2019年版，第897页] 与朱存理《铁网珊瑚》[（明）朱存理集录，韩进、朱春峰校证：《铁网珊瑚校证》，广陵书社2012年版，第612页] 均录此诗，而赵琦美《铁网珊瑚》无载。道衍《耕渔轩诗后序》作于至正二十五年（1365），据此，倪瓒此诗作时不当早于此年。一般来说，当以出现较早的《耕渔轩诗卷》作为作时依据，除非能够证明《耕渔轩诗卷》为明人伪作，否则不当推翻此结论。如果要寻找二者相互矛盾的原因，或许《金兰集》的记载能够提供一些线索。《金兰集》将该诗编入卷二（第20页），但其小序变为诗后跋语，其他内容皆与《清河书画舫》《清閟阁集》同，唯有最后两处不同：一处为"而又与耕云、耕渔笑言娱乐"，《金兰集》作"又与耕渔笑言"；另一处为"喜而赋此诗"，而《金兰集》作"喜而复赋此"。萃古堂抄本《金兰集》则将此诗编在卷一。这些差异不应视为无关紧要的文字疏漏，而是存在着重要的学术信息。其中"喜而复赋此"之句，此"复"可有二解：一是当年画《耕渔轩图》后，先题有那首四言诗，后来又轩中"笑言娱乐"，"复"题了该首五言诗；二是元末为《耕渔轩图》题了这首五言诗，明洪武六年再与耕云一起访问徐达左耕渔轩时又重写了此首五言诗，"复"乃即兴重书之意。此二说法均可通，本人认为系第二种情况。但无论是哪一种，均可从侧面证实该诗最早应作于元末至正二十五年之前。元末集部文献错综复杂、真伪难辨，该问题有待新文献发现，方可做出定论。

然、清新之感受：环境清幽、志趣闲远。全诗具有超然、闲适的审美格调。徐贲（1335—1393）诗曰："荷锸喜逢春雨，鸣榔又近黄昏。谁道南阳渭水，不似桐江鹿门。""门泊陶朱归棹，家住张翰故乡。霜落鲈鱼出水，秋晴嘉谷登场。"[1]徐贲此诗尽管用了姜子牙、孟浩然、陶朱公与张翰等历史上隐逸高人的典故，但其叙述重心还是对徐达左隐居境况的赞美。陈惟寅诗偏于抒情："一具牛，二顷田，力耕而食度年年，若人之乐无比焉。""一叶舟，五湖水，风引钓丝鱼不起，闲咏沧浪一乐耳。"[2]二诗一写"耕"、一写"钓"，紧切"耕渔"诗题，用"若人之乐无比焉"与"闲咏沧浪一乐耳"以表达隐居生活之轻松惬意，诗境自然开朗。陈宗义诗曰："筑室远尘嚣，开轩更清绝。闲锄南山云，时钓东湖月。犊背晚山青，船头秋水白。安得往从之，使我心如结。"[3]如果说倪瓒诗虽然清新自然、情景如画，但依然具有写实特点，那么，陈宗义此诗则完全是

---

[1] （清）卞永誉纂辑：《式古堂书画汇考》，浙江人民美术出版社2019年版，第897页。
[2] （清）卞永誉纂辑：《式古堂书画汇考》，浙江人民美术出版社2019年版，第896页。
[3] （清）卞永誉纂辑：《式古堂书画汇考》，浙江人民美术出版社2019年版，第897页。

虚化的诗意想象。一开篇即写居处远离"尘嚣"而格调"清绝",为全诗定调,然后便是锄云钓月的诗意勾勒和"犊背晚山青,船头秋水白"的背景烘托,这样,就将徐达左隐逸生活提升至一种诗意高度,显示出其闲逸的审美品格。

三是通过对耕渔轩隐逸行为的赞誉,表达自我人生意趣。高启、王隅、张羽等人诗作即属此类。高启诗曰:

> 朝闻《孺子歌》,暮听《梁父吟》。岂无沧州怀,亦有畎亩心。昔贤在泥蟠,终当起为霖。钓获溪上璜,锄挥瓦中金。兹世方丧乱,伊人邈难寻。既迷烟波阔,复阻云谷深。嗟我岂其偶,聊将学幽潜。惟子是同抱,相期清渭阴。[1]

高启本有建功立业的志向,但因遭遇战乱而不得不隐居赋诗,故其诗反复引述吕尚、华歆君臣遇合典故,渴望重演"昔贤在泥蟠,终当起为霖"的历史故事。但眼下战乱四起,时局

---

[1] (清)卞永誉纂辑:《式古堂书画汇考》,浙江人民美术出版社2019年版,第896页。

混乱，一时难有机遇，不得不"聊将学幽潜"。同时他认定徐达左亦有隐以待时之志向，故而结语勉以"惟子是同抱，相期清渭阴"。意旨虽然不难理解，表述尚较含蓄。王隅诗则直言不讳地将此意点明："主人可能从我请，借我开轩对烟暝。与君极谈济世略，君抱长策玉在矿。借令刖足亦可笑，圣贤出处有要领。吕望岂意遭周猎，伊尹却负干汤鼎。吾以吾手奉君锄，君以君力为我骋。聊将榔板敲一声，鲛鼍跼敛风波静。清明有才亦如此，奚必区区事箕颍（颍）。鲙鱼飞雪落牛蓑，暂赏湖光三万顷。"[1]在所有耕渔轩题诗中，王隅诗写得最为气势飞动而境界开朗，一句"暂赏湖光三万顷"，将所有的耕渔隐居生活与自然风光均置于视野之外，口中谈的是"济世略"，心里想的是"为我骋"，求的是"鲛鼍跼敛风波静"。在他看来，既然具备了修齐治平的才能、品格，何以还要有"事箕颍（颍）"的隐居之举呢？可惜的是，这仅为王隅的人生理想，而非徐达左的现实选择。高启、王隅的隐居吟诗乃是待时而动的蛰伏，与徐达左所思所为全然不同。其实，作为寄居平江的

---

1 （清）卞永誉纂辑：《式古堂书画汇考》，浙江人民美术出版社2019年版，第897页。

北郭文人群体成员,他们本来就有各不相同的生活经历与人生理想,尽管隐逸是他们身处战乱的共同选择,但动机却又各不相同。关于此点,张羽之诗提供了坚实证据:"之子住铜坑,人传好士名。如何同甲子,未得尽平生。野岸风中钓,湖田雨后耕。秋天渐凉冷,或可赴前盟。"[1]张羽(1333—1385),字来仪,又字附凤。由其诗可知,他仅仅由传闻得知徐达左有"好士"之名,但自己却"未得尽平生",那么"野岸风中钓,湖田雨后耕"也仅为想象揣测之词,从结语"秋天渐凉冷,或可赴前盟"看,他尚未能够见识此位深隐不出的名士,自然只能从自我感受来写想象之词了。由高启、王隅与张羽的诗作可以得出如下结论:《耕渔轩诗卷》展现了元末吴中不同身份、不同性格与不同志向的文人对于"隐逸"话题的理解与兴趣,传达出他们各自不同的情感诉求与审美感受。

---

1 (清)卞永誉纂辑:《式古堂书画汇考》,浙江人民美术出版社2019年版,第897页。

余 论

《耕渔轩诗卷》中所讨论的"隐逸"话题具有独特的时代典型性。就儒家思想传统而言，修身、齐家与治国、平天下本是一个完整的思想体系，儒家经典《大学》便是如此设置"三纲领""八条目"的。然而《耕渔轩诗卷》中所谓"有待"的进取观念，却并非唯一的价值取向，甚至不是主要价值取向。徐达左及部分诗友显然是将个体道德修为与品格操守作为追求目标，但又和政治参与无关，更有甚者，将山水审美、个体适意与家族教育、理学涵养融为一体。同时，在元末风雨飘摇的危局中，他们在谈论"隐逸"话题时显得如此从容不迫、悠游淡定，无论是待时而动之权且隐居还是往而不归之融入山水，均系从个体生命角度考虑，而无关乎朝代之兴衰、政权之更替。这显示出元明之际士人的独特立场，与同为易代之际的宋元、明清时期相比，差异甚为明显。宋元与明清易代之际的主调是愤激、悲凉、忧伤与绝望，士人关注的是国破家亡的残酷现实，诚如黄溍论元初方凤诗作所云："遇遗民故老于残山剩水间，往往握手歔欷，低回而不忍去。缘情托物,发为声歌……故其语多危苦激切。"[1]这些时期的画风亦与诗风大体一致。拿最具代表性的郑思肖(1241—1318)与朱耷(1626—1705)看,郑思肖所绘兰花无根,乃因土地为异族所占据,"此中的兰花因而也象征着画家本人,漂泊不定,羸弱无力,但是仍然怀抱一片孤忠"[2];朱耷亦善画兰花,其格调也怪诞而孤冷。[3]更具比较价值的是钱选(约1239—约1300)的绘画,《浮玉山居图》是其最为后人欣赏的代表作,该画乃钱选为其隐居的霅川浮玉山所绘之景,画中山势峻峭,湖雾蒙蒙,隐者所居茅舍白云缭绕,隐含着作者隐居山中的孤寂、冷漠心绪。钱选自题诗曰:"瞻彼南山岑,白云何翩翩。下有幽栖人,啸歌乐徂年。丛石映清泚,嘉木澹芳妍。日月无终极,陵谷从变迁。神襟轶寥廓,兴寄挥五弦。尘影一以绝,招隐奚足言。"诗后题云:"余自画山居图,吴兴钱选舜举。"[4]诗人

---

[1] (元)黄溍:《方先生诗集序》,载(元)黄溍著,王颋点校《黄溍集》第二册,浙江古籍出版社2013年版,第397页。

[2] 〔美〕高居翰:《隔江山色:元代绘画(1279—1368)》,宋伟航等译,生活·读书·新知三联书店2009年版,第9页。

[3] 参见于偲璠《八大山人绘画构图的"孤"式表达》,《美术大观》2019年第11期;张静《观八大山人绘画中的"怪诞"与"孤冷"形式》,《美与时代(中旬)》2021年第1期。

[4] (清)卞永誉纂辑:《式古堂书画汇考》,浙江人民美术出版社2019年版,第1822页。

对岁月流逝、陵谷变迁已释然于怀,逍遥自在地徜徉于白云嘉木中,啸歌闲适,安度岁月。此种隐逸情怀显然已与陶潜略无二致。然而,此画在钱选生前却并未获得亲朋好友的应和,直到延祐四年(1317)钱选逝世近二十年后,方有画家仇远(1247—1326)为其题记赋诗。可知关于"隐逸"的话题虽在宋元之际亦为文人所难以回避,但并无多样化的理解与认知,故而没有形成话题集中的题画诗卷。彼时文人在隐居山间水涯之时,总难以忘怀那种刻骨铭心的亡国之痛。即使是钱选那些充满隐逸情趣的画作,依然被后人读出弦外之音:"钱选的萧散洒脱中,隐隐然仍流露着一丝惆怅,一种对逝而不复的伤挽情怀。"[1]该图重新成为文坛关注的对象乃在元明易代之际,诸如张雨、顾瑛、倪瓒、郑元祐、黄公望、琦楚石等文坛名宿纷纷为之题诗品评,并寄寓自我隐逸情怀,从而与周景安《秀野轩图》、徐达左《耕渔轩图》、黄公望《富春山居图》等构成当时的"隐逸"话题诗卷。其中,《耕渔轩图》由于徐达左"儒隐"的品格而受到更多文人的青睐。由此可知,只有具备了元

---

[1] 刘中玉:《混同与重构:元代文人画学研究》,人民出版社2012年版,第127页。

代文人长期被政治边缘化的旁观者心态以及吴中暂时偏安一隅的历史环境，方能为"隐逸"话题的多元表达提供适宜的场域，从而使其拥有独特的历史品格。

从诗学史的角度看，《耕渔轩诗卷》呈现了元明之际书、画、诗、文共为一体的独特文本形态，具有不可替代的研究价值。其主要特性便是文体的多样性、话题的开放性与内涵的丰富性，既能展示书法、绘画的高超艺术水平，又能充分表达不同作者对于同一话题的不同理解，还能展现各自的诗歌创作水准与诗学观念。通过这样的诗卷研究，能够立体呈现出那一时代文坛的真实状况与诗学内涵。对于此种文本形态，以前学界很少关注，无疑放弃了观测文学思想整体的一个有效角度。倘若以类似方式系统研究该时期像《听雨楼诗卷》《破窗风雨诗卷》《秀野轩诗卷》《安分轩诗卷》等数十幅同类的诗卷，必将有效推进相关研究，从此一角度看，本文的研究或许具有一定的方法论探索意义。

（原刊《文艺研究》2023年第11期）